穿越回古代，与李白、杜甫们一起刷

那些刷爆朋友圈的古诗词

谢沐希　黎超然　著　　Gwemo鸡毛　绘

③

南方出版传媒　花城出版社　中国·广州

图书在版编目（CIP）数据

那些刷爆朋友圈的古诗词.3 / 谢沐希，黎超然著；Gwemo鸡毛绘. -- 广州：花城出版社，2021.4
ISBN 978-7-5360-9314-0

Ⅰ.①那… Ⅱ.①谢… ②黎… ③G… Ⅲ.①古典诗歌－诗歌欣赏－中国 Ⅳ.①I207.2

中国版本图书馆CIP数据核字(2021)第039394号

出 版 人：	肖延兵
策　　 划：	陈宾杰　谢蔚
责任编辑：	陈宾杰　钟毓斐
技术编辑：	凌春梅
装帧设计：	李玉玺

书　　名	那些刷爆朋友圈的古诗词.3 NAXIE SHUABAO PENGYOUQUAN DE GUSHICI.3
出版发行	花城出版社 （广州市环市东路水荫路11号）
经　　销	全国新华书店
印　　刷	深圳市福圣印刷有限公司 （深圳市龙华区龙华街道龙苑大道联华工业区）
开　　本	889毫米×1194毫米　32开
印　　张	9.75
字　　数	230,000字
版　　次	2021年4月第1版　2021年4月第1次印刷
定　　价	49.80元

如发现印装质量问题，请直接与印刷厂联系调换。
购书热线：020-37604658　37602954
花城出版社网站：http://www.fcph.com.cn

☀ 作　者

谢沐希　编辑、专业配音员、儿童故事演播人（主播名大力啤啤），已演播了三百多个儿童故事，故事在懒人听书的收听量过百万。

黎超然　专业配音员、配音导演，广州电台文史、诗词节目主持人。

☀ 插画师

Gwemo 鸡毛　国内著名漫画家，兼编剧、配音员、动画导演、游戏设计师。

代表作之一本格推理漫画《抽筋神探》被日本增田漫画美术馆永久收藏。

主要作品：《岁晚英雄》《7觞》《床下男女》《抽筋神探》《噩梦游戏》等。

☀ 声演团队

Eng咕咕　专业创作及声演团队。十几年来，曾演绎众多影视剧、广播剧、有声书读物及主持诗词类节目。

☀ 语文顾问

李璐华　东山培正小学高级教师，从事小学语文教育三十多年，一直致力于在语文课堂中弘扬中华传统文化的教学与研究。执教课例《保护长城》获教育部 2018 年度"一师一优课，一课一名师"活动"优课"。

出版前言

本书虚构了一个穿越时空、生动好玩的诗词世界。

苦学诗词而不得其法的包仔，遇上了一只神奇的机器鸟咕咕。咕咕变成一部可穿越时空的平板电脑，带着包仔混进了古代诗人的朋友圈。在圈里，包仔、咕咕与各朝各代的诗人、诗人粉丝以及评论家们群聊互动，大长见识。包仔的诗词学习，从此像开挂了一样！

本丛书一套3册，共收录了中小学生必读的170首古诗词，本册收录了53首。本书以史实及诗词知识为依据，加以虚构与想象，以朋友圈的形式联通古今，展现了丰富而有趣的诗词世界，为中小学生提供一套诗词趣味读本。

每首诗按**发朋友圈**、**搜一搜**、**附近的人**、**群聊和私聊**、**意象详解**、**音频**的顺序排序。每一版块的内容如下：

发朋友圈
以诗人发朋友圈的方式展现诗歌，100%还原诗人创作现场。

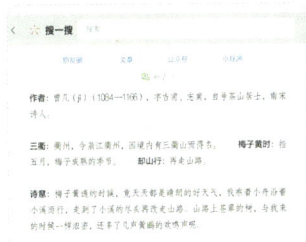

搜一搜

介绍诗人生平,对重点词语进行注释,白话意译全诗。

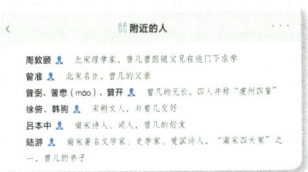

附近的人

介绍与诗人有关的亲友、粉丝、后世评论家。

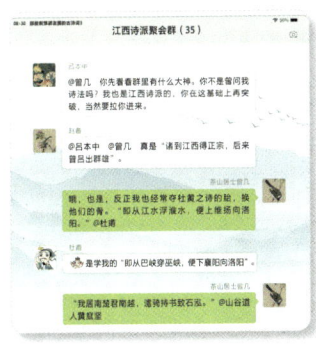

群聊和私聊

包仔、咕咕与诗人们交流诗词知识,包括创作背景、诗词赏析、诗人际遇乃至生活八卦,亦有诗词相关的传说、民俗,林林总总,好玩、有趣、有料!

意象详解

重点解读诗词中出现的高频词语,让读者触类旁通、举一反三。

音频

全书情景式配音,阅读+收听,真实体验古代诗坛生态。
扫右边二维码,会有更多惊喜哦!

语音版二维码

小伙伴们,让我们开始一场奇妙的诗词之旅吧!

☀ 编写说明

本书力求体例统一，但为还原朋友圈各种界面的真实感，同时兼顾内容的实际情况，会有一些变通的处理，具体如下：

1. "全网广播""朋友的新动态"，视每首诗的需要而设置，有些诗也可能两项都没有。

2. 发朋友圈的时间与地点，有些诗标明了，有些诗没标明（史实不可考）。@ 提醒谁看，用绿色的字标明；不让谁看，用红色的字标明。

3. 朋友圈点赞与回复的人，如果早于诗人所处的时代，在其名字后加上 😊；如果晚于诗人所处的时代，则加上 ⏰，以示区别。

4. "附近的人"的头像，代表男性，代表女性。

5. "群聊"里，每位诗人在同一群里的昵称是统一的，但为了突出每一个群的特点及诗人的个性，同一位诗人在不同的群聊和朋友圈里，其昵称不做硬性的统一。

6. 本书的配图，有一部分来自中国古代绘画，画家所处的朝代也可能晚于诗人，这也符合本书时空穿越的设定，此处仅为配图所用，不再一一标明出处。

7. 为还原朋友圈的真实感，增加阅读的趣味性，本书保留了人们日常使用的网络语言，亦不再一一加注。

目 录

< 001 《行香子·树绕村庄》：春光明媚，万物竞发　秦观

< 007 《如梦令·常记溪亭日暮》：乐而忘返，迷途争渡　李清照

< 014 《清平乐·春归何处》：春去无处寻芳踪　黄庭坚

< 020 《夏日绝句》：贪生怕死枉为人臣　李清照

< 023 《渔家傲·天接云涛连晓雾》：风，你吹得再猛烈些吧　李清照

< 030 《三衢道中》：难得好天气，易酿好诗情　曾几

< 034 《满江红·怒发冲冠》：且等我收拾旧山河　岳飞

< 042 《题临安邸》：还真把这里当家了？　林升

< 048 《游山西村》：山回路转，柳暗花明　陆游

< 053 《卜算子·咏梅》：粉身碎骨仍留清芬　陆游

< 059 《太常引·建康中秋夜为吕叔潜赋》：斫去桂婆娑，清光应更多　辛弃疾

< 067 《小池》：谁人比我更会捕捉镜头　杨万里

< 074 《稚子弄冰》：说到童趣专家，我当仁不让　杨万里

< 080 《丑奴儿·书博山道中壁》：怎么说愁，是个学问　辛弃疾

< 084 《清平乐·村居》：山村美，人情更美　辛弃疾

< 087 《西江月·夜行黄沙道中》：稻花醉香，丰年临近　辛弃疾

< 091 《春日》：以寻芳之句寓求圣之心　朱熹

< 096 《晓出净慈寺送林子方（其二）》：你以为我在送你，其实我在留你　杨万里

< 101 《四时田园杂兴（其二十五）》：夏日田园的妙趣　范成大

< 109 《四时田园杂兴（其三十一）》：勤劳是农家的好传统　范成大

< 116 《破阵子·为陈同甫赋壮词以寄之》：壮志未酬，华发已生　辛弃疾

< 124 《过松源晨炊漆公店六首（其五）》：谁说下山比上山容易的　杨万里

‹129 《宿新市徐公店（其二）》：新市的好酒，我又来了　杨万里

‹135 《秋夜将晓出篱门迎凉有感（其二）》：爱国，我是认真的　陆游

‹140 《十一月四日风雨大作（其二）》：北定中原，我做梦都惦着　陆游

‹143 《观书有感（其一）》：做学问就要常学常新　朱熹

‹147 《观书有感（其二）》：茅塞顿开，灵感勃发　朱熹

‹150 《南乡子·登京口北固亭有怀》：长江滚滚流，独缺孙仲谋　辛弃疾

‹157 《示儿》：死了也要继续等　陆游

‹161 《乡村四月》：又到初夏农忙时　翁卷

‹166 《游园不值》：春色是关不住的　叶绍翁

‹171 《夜书所见》：天涯孤客，不睡是常态　叶绍翁

‹176 《雪梅（其一）》：雪与梅，谁也不服谁　卢钺

‹182 《村晚》：乡村晚景饶有情趣　雷震

‹185 《过零丁洋》：收好了，这就是你们要的劝降书　文天祥

‹192 《南安军》：不用劝了，我宁死不降　文天祥

‹197 《寒菊》：誓不落北风之中　郑思肖

‹201 《天净沙·秋思》：断肠人在天涯　马致远

‹207 《山坡羊·潼关怀古》：不论兴亡，百姓皆苦　张养浩

‹212 《墨梅》：所以，我叫梅花屋主啊　王冕

‹217 《石灰吟》：要留清白在人间　于谦

‹222 《画鸡》：不鸣则已，一鸣惊人　唐寅

‹229 《朝天子·咏喇叭》：喇叭亮相，人见人怕　王磐

‹236 《别云间》：痛别故乡赴泉路　夏完淳

‹ 243 《木兰花·拟古决绝词柬友》：人生若只如初见　纳兰性德

‹ 248 《长相思·山一程》：千帐灯照的是无眠　纳兰性德

‹ 253 《浣溪沙·身向云山那畔行》：古今幽恨几时平　纳兰性德

‹ 258 《舟夜书所见》：送你一份夜猫子福利　查慎行

‹ 263 《所见》：所见所闻皆可成诗　袁枚

‹ 269 《竹石》：平生最爱竹与石　郑燮

‹ 277 《己亥杂诗（其五）》：换种方式，照样报国　龚自珍

‹ 283 《己亥杂诗（其一百二十五）》：天公，听见我的呐喊了吗　龚自珍

‹ 287 《村居》：真是个养老修心的好地方　高鼎

‹ 293 《幸遇咕咕入圈拜师偶成》：只有想不到，没有做不到　包仔

《行香子·树绕村庄》：春光明媚，万物竞发

秦观

闲庭信步踏春去。

行香子

树绕村庄，水满陂塘。倚东风、豪兴徜徉。小园几许，收尽春光。有桃花红，李花白，菜花黄。

远远围墙，隐隐茅堂。飏青旗、流水桥旁。偶然乘兴，步过东冈。正莺儿啼，燕儿舞，蝶儿忙。

♡ 徐文美，孙觉，苏轼，王安石，黄庭坚，晁补之，张耒

苏轼：少游，你那篇记录我在徐州抗洪的《黄楼赋》雄辞杂今古，颇有屈原、宋玉的味道，再看你以前的词作，工整清新，很不错啊！听我说，去考科举吧。

秦观回复苏轼：我独不愿万户侯，惟愿一识苏徐州。能认识您已经满足了！

苏轼回复秦观：以你的才华，若不为国效力，实在浪费啊。你的策论引古证今、章法井然、谋篇精妙、气势十足，我荐给王介甫了，他一定会喜欢的。

王安石回复苏轼：哈哈哈，我相信你的眼光！少游的诗歌清新似鲍照、谢朓，策论写得更是好，不考确实可惜啊！

徐文美：夫君，考吧！我无条件支持你！

孙觉：少游，考吧！我一早就认定你是良才，老师相信你！

秦观：好！我一定埋头苦读，专心备考，不辜负各位的厚望！

搜一搜　搜索

朋友圈　　文章　　公众号　　小程序

圈子 >

作者：秦观（1049—1100），字少游，一字太虚，别号邗沟居士，江苏高邮人。他擅长诗赋策论，是北宋婉约派重要词人，与黄庭坚、晁补之、张耒合称"苏门四学士"。

行香子：词牌名。　**陂**（bēi）**塘**：池塘。　**徜**（cháng）**徉**（yáng）：安闲自在地步行。　**飏**：飞扬、飘扬。　**青旗**：青色的酒幌子。

词意：绿树绕着村庄，春水溢满池塘。我沐浴着春风，带着豪兴，悠然自在地来回漫步。小园很小，却收尽春光。桃花正红，李花雪白，菜花金黄。

003

远远一带围墙,隐约有几间茅草屋。青色的旗帜在风中飞扬,小桥矗立在溪水旁。偶然乘着游兴,走过东面的山冈。莺儿啼鸣,燕儿飞舞,蝶儿匆忙,一派大好春光。

附近的人

徐文美　秦观的妻子,高邮富商徐成甫的女儿
孙觉　北宋文学家,秦观的同乡、老师,苏轼、王安石好友
苏轼　秦观的老师,赏识、举荐秦观
王安石　赏识、举荐秦观
黄庭坚、晁补之、张耒　同为北宋著名文学家,与秦观合称"苏门四学士"

包仔、咕咕私聊

咕咕

说起秦观的婉约词,一定会提到下面这首:

鹊桥仙

　　纤云弄巧,飞星传恨,银汉迢迢暗度。金风玉露一相逢,便胜却人间无数。
　　柔情似水,佳期如梦,忍顾鹊桥归路。两情若是久长时,又岂在朝朝暮暮。

包仔、咕咕私聊

包仔
> 有鹊桥,也就是说写的是牛郎织女,对不对?

 咕咕
> 应该说,是借牛郎织女来抒发自己的感情。

包仔
> 如果他是牛郎,那么谁是织女?

 咕咕
> 这有很多种说法,秦观这一生有过不少情人,再加上他仕途坎坷,经常被贬,所以总要面对离别。

 咕咕
> 其中一种说法是,这首词写于1097年的七夕。前一年,秦观被贬到郴州,路过长沙,遇到一个叫义倡的艺伎。义倡是秦观的超级粉丝,特别喜欢秦观的乐府诗。他们在一起愉快地玩耍,临别时,秦观承诺北归的时候就和义倡成亲。

包仔
> 哦——秦观在路上思念义倡,就写了这首词,还安慰自己,只要心不变,就不用天天见面。对吧?

 咕咕
> 你又进步了!

包仔
> 那秦观有没有变心?学了那么久诗词,我早就看清楚了!有些人写就天下无敌,做就有心无力。

包仔、咕咕私聊

咕咕

说得那么幽怨,好像被古代文人骗了不少感情哦。秦观这回确实有心无力,因为他还没等到北归,就死在广西的藤县了。

包仔

啊?那义倡怎么办?

咕咕

义倡知道后,走了几百里路去吊孝,因为伤心过度,没多久也死了……

包仔

金风玉露竟只能用这种方式相逢。

 音 频

🔍 秦观与传说中的妻子——苏轼的妹妹苏小妹的佳话

《如梦令·常记溪亭日暮》：乐而忘返，迷途争渡

朋友的新动态 >

李清照
还是时常想起家乡的事……

> **如梦令**
>
> 常记溪亭日暮,沉醉不知归路。
> 兴尽晚回舟,误入藕花深处。
> 争渡,争渡,惊起一滩鸥鹭。

♡ 李格非,晁补之,张耒,赵明诚,赵挺之

李格非:😀好闺女,写得极富生活情趣,真是好!

晁补之回复李格非:羡慕啊李兄!你闺女才十几岁就有这水平,了不得!

李格非回复晁补之:😀无咎,小女也是得益于常和你们诗词唱和。

张耒:没了你这小丫头跟我们唱和,我和无咎可无趣咯。

李清照：晁叔叔、张叔叔，我会时常把作品寄给你们，望能指点一二。

赵明诚：此生，我已选定！就是你了！

赵挺之：嗯，我很满意！

王灼： 你的才华直逼前辈！这种才华，在士大夫中已不多见，在本朝妇人中更是毫无疑问的第一啊！

搜一搜　搜索

朋友圈　　文章　　公众号　　小程序

圈子 >

作者：李清照（1084—约1151），号易安居士，齐州济南（今山东济南）人，宋代著名女词人，婉约词派代表，有"千古第一才女"之称。

如梦令：词牌名，又名"忆仙姿""宴桃源""无梦令"等。　　**常记**：时常想起。　　**溪亭**：临水的亭台。　　**鸥鹭**：泛指水鸟。

词意：还记得那次在溪边亭中游玩，一直玩到日暮时分，我沉醉在优美的景色中忘记了回家的路。尽兴以后在夜色中乘舟返回，却不料走错了路，把小船划进了荷花深处。抢着划呀，划呀，慌乱行舟时惊起了满滩的鸥鹭。

附近的人

李格非 　北宋文学家，李清照的父亲，苏轼的学生，喜好藏书

晁补之 👤 字无咎,北宋著名文学家,"苏门四学士"之一,曾与李清照有诗词唱和

张耒 👤 北宋著名文学家,"苏门四学士"之一,曾与李清照有诗词唱和

赵明诚 👤 宋代著名金石学家、文物收藏家,李清照的丈夫

赵挺之 👤 北宋宰相,赵明诚的父亲、李清照的公公

王灼 👤 宋代著名科学家、文学家、音乐家,所撰的《糖霜谱》是世界上第一部完整介绍蔗糖生产和制造工艺的科技专著;在其著作《碧鸡漫志》中高度评价李清照的才华

变着花样宠妻群(3)

赵明诚
哈哈,无惊无险,又到初一、十五告假时间。

咕咕
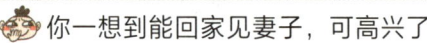 你一想到能回家见妻子,可高兴了。

赵明诚
当然!但我还在想,今天要送什么好。

包仔
送花吧,听说女生都爱花。

赵明诚
花花草草还是自养自栽更显心思。

咕咕

@包仔 你别乱出主意!妻子喜欢什么,他一清二楚,估计只是在纠结这次要带哪位古人的金石、书画回家。

赵明诚

你太懂我了!拿去当铺典当的衣物已经准备好,这次一定要找到好家伙回去,让娘子高兴高兴!

包仔

当铺?你爹不是做大官的吗?

赵明诚

虽然我爹是吏部侍郎,岳父是礼部员外郎,但我们赵、李两家不是什么贵族,生活一直很节俭。而且,我现在只是在太学读书的学生,还没赚钱呢……

包仔

所以要当衣服买礼物……你对妻子真是没的说!

咕咕

他们夫妇就是喜欢收藏、研究古人的字画、碑文,只要能买到心头好,节衣缩食不在话下。我在音频里再跟你细说。

咕咕

李清照还有一首《如梦令》也是非常有名的。

如梦令

昨夜雨疏风骤,浓睡不消残酒。

试问卷帘人,却道海棠依旧。

知否,知否?应是绿肥红瘦。

包仔

听过听过,有电视剧,还有歌呢。

咕咕

说明这词写得好啊!用绿肥和红瘦来比喻绿叶繁茂、红花凋零,又生动又易懂,不知让多少天下才子拍手称绝呢!

包仔

李清照那么厉害,那赵明诚会不会抬不起头啊?

咕咕

当然不会,赵明诚还拿着自己和妻子的诗词到酒楼里给朋友盲选,如果朋友觉得李清照写得更好,他就高兴得不得了,很自豪地说那是我老婆写的。

包仔

哇!他们的感情真好!

咕咕

嗯嗯!所以李清照在重阳节思念在外地游学的赵明诚时,写了首《醉花阴》,说自己"人比黄花瘦"。

包仔

比菊花还要瘦弱,写得真形象!她怎么能想出那么贴切的比喻呢?我一定要好好学习。

 咕咕

 太好了!你开始注意细节,能品出一点味道了。继续努力哦!

音频

李清照与赵明诚的收藏癖

《清平乐·春归何处》：春去无处寻芳踪

全网广播：1100年，赵煦病逝，年仅二十五岁，无子，庙号哲宗。向太后立哲宗之弟赵佶为帝（是为宋徽宗）。

 **黄庭坚**
时光一去不复返啊！

> **清平乐**
>
> 春归何处？寂寞无行路。
> 若有人知春去处，唤取归来同住。
> 春无踪迹谁知？除非问取黄鹂。
> 百啭无人能解，因风飞过蔷薇。

1105年·宜州（今广西宜山）

♡ 苏轼😊，黄几复😊，王安石😊，文彦博😊，范寥，苏伯固，蒋湋

苏轼😊：鲁直，春天会回来的。
黄庭坚回复苏轼😊：我总觉得，留给我的时间不多了。
赵挺之：哼哼，你不是很喜欢嘲笑别人吗？怎么，找不到

春天就笑不出来了？

陈举：🧑 鲁直那么喜欢留名，却没法在时间里留名，可惜啊。不然，就算留不住春天，在春天里留下自己名字也好啊。

黄庭坚回复陈举：我只知道，我在楼上两位的心里都留下名字了，还常被你们惦记着。

陈举回复黄庭坚：我呸！你这个"幸灾谤国"的罪人，肯定能在历史留名！

黄庭坚回复陈举：对！我一定会被后人记住！你呢？

蒋湋：🧑🧑🧑 没想到您的感觉那么准……

范寥：🧑🧑🧑 那天，我和鲁直在喧寂斋，突然下起大雨。鲁直一边把脚伸出去淋雨，一边说"吾平生无此快也"，我从未见他笑得那么开心。没想到，他就一病不起了……

🔍 **搜一搜** 　搜索

朋友圈　　文章　　公众号　　小程序

💬 圈子 >

作者：黄庭坚（1045—1105），字鲁直，号山谷道人、涪翁，洪州分宁（今江西九江修水县）人。北宋著名文学家、书法家，江西诗派开山之祖。他的诗以杜甫为宗，讲究修辞造句，强调"无一字无来处"。他与张耒、晁补之、秦观游学于苏轼门下，合称"苏门四学士"。生前与苏轼齐名，世称"苏黄"。书法独树一格，与苏轼、米芾、蔡襄并称为"宋四家"。

清平乐（yuè）：原为唐教坊曲名，后用作词牌名，又名"清平乐令""醉东风""忆萝月"，为宋词常用词牌。　**百啭**：形容黄鹂婉转的鸣声。啭，鸟鸣。　**因风**：借着风势。

词意：春天去了哪里？我寻不见它的踪迹，只感到苦闷孤寂。如果有人知道春天的消息，定要帮我唤它回来与我同住。谁也不知道春天的踪迹，我只好去问问黄鹂。然而黄鹂的婉转鸣叫，又有谁懂其中深意？一阵风起，黄鹂便飞过了盛开的蔷薇。

附近的人

苏轼　黄庭坚的老师，两人齐名，并称"苏黄"，同列"宋四家"

黄几复　黄庭坚的发小、挚友

王安石　北宋著名政治家、文学家，"唐宋八大家"之一，黄庭坚的好友

文彦博　北宋著名政治家、书法家，赏识、重用黄庭坚

范寥　黄庭坚贬谪宜州时，身边最亲近的朋友

苏伯固、蒋湋（wéi）　黄庭坚门人，为黄庭坚料理后事，护其丧归葬双井祖坟

陈举　北宋官员，任转运判官时与黄庭坚有矛盾，罗织罪状举报黄庭坚

赵挺之　北宋宰相，与黄庭坚有积怨，借陈举的举报弹劾黄庭坚，令黄庭坚被贬谪宜州

赵挺之
@赵佶　禀皇上，这是转运判官陈举的举报。

赵佶
举报何人？

 赵挺之
黄庭坚。

赵佶
鲁直怎么了？他可是不可多得的人才啊！

 赵挺之
他在《江陵府承天禅院塔记》中写"善人少，不善人常多""则蝗旱水溢，或疾疫连数十州，此盖生人之共业，盈虚有数，非人力所能胜者耶"，竟然说蝗灾、水灾、瘟疫横行都是报应，不是人力可以扭转的，这不是幸灾乐祸吗？

赵佶
@陈举　真有此事？

 陈举
皇上，千真万确，有文章为证！

 陈举
《江陵府承天禅院塔记》.docx　
65KB

群臣议事群1（500）

赵挺之

@赵佶　幸灾乐祸也算了，他还说如今行善的人少，行不善的人多，难道我们大宋大多数人都是恶人吗？这简直是谤国！皇上，您那么器重他，三番五次升他的官，把他从外地调回京城做吏部员外郎，他却推三推四不肯回来，分明是不把您放在眼里！

赵佶

既然他那么不愿当官，那么喜欢外面，就除他官名，交由宜州羁管吧！

赵挺之

皇上英明！

音频

🔍 黄庭坚因何得罪赵挺之和陈举，以致埋下客死宜州的祸根呢？

李清照

《夏日绝句》：贪生怕死枉为人臣

全网广播：1126年，赵佶禅位于长子赵桓（是为宋钦宗）。1127年，金人大举南侵，俘获赵佶、赵桓父子北去，史称"靖康之变"。同年五月，赵桓异母弟康王赵构于南京应天府即位（是为宋高宗），建立南宋政权。赵明诚远赴江宁奔母丧，不久被任命为江宁知府，李清照整理并押运十五车收藏品到江宁。1129年二月，赵明诚罢守江宁，弃城而逃。

李清照
 我真的很失望……

夏日绝句

生当作人杰，死亦为鬼雄。
至今思项羽，不肯过江东。

1129年 · 乌江

♡ 李谟，张浚，韩世忠，梁红玉，岳飞

李谟： 虽然御营统制官王亦手握重兵，但只要小心应付、周密部署，平乱还是十拿九稳的！属下当晚就把叛军端了！

赵明诚： 娘子，我……惭愧啊！

赵挺之😓：我一死就连累你们避走青州、屏居乡里，还以为已经够倒霉的了，没想到赵家还有此一劫啊。

李清照回复赵挺之😓：内乱不息，外侵不断，国将不国，何以言家？

张浚：平定内乱！北伐抗金！保我大宋河山！

韩世忠：平定内乱！北伐抗金！保我大宋河山！

岳飞：平定内乱！北伐抗金！保我大宋河山！

梁红玉：我们虽为一个女流，尚且知道不能不战而逃，那些主和、主降的男人们到底是怎么想的？我誓追随夫君平定内乱，北伐抗金，保我大宋河山！

六 搜一搜 搜索

朋友圈　　文章　　公众号　　小程序

圈子 >

诗意：活着就要当人中豪杰，死了也要做鬼中英雄。人们至今还在怀念项羽，只因他不肯偷生渡江逃回江东。

附近的人

李谟（mó）　时任江东转运副使，赵明诚属下
张浚（jùn）　南宋名臣、学者，西汉留侯张良后人，力主北伐抗金
韩世忠　南宋抗金名将、词人，"中兴四将"之一
梁红玉　南宋著名抗金女英雄，韩世忠的妻子
岳飞　南宋抗金名将、词人，"中兴四将"之首

兵荒马乱中,李清照如何凭其大智大勇顺利将家中珍宝转移到江宁?赵明诚为何弃城而逃?他真的是被李清照这首《夏日绝句》气死的吗?

《渔家傲·天接云涛连晓雾》：风，你吹得再猛烈些吧

全网广播：1130年，钟相、杨幺起义。金军北撤，韩世忠在黄天荡击败金兀术，岳飞收复建康。金扶植刘豫建立伪齐。

李清照

"玉壶颁金"可是通敌死罪，我这未亡人可承担不起。我已带上与亡夫的收藏出海追随皇上，把所有宝贝悉数交给朝廷。

> **渔家傲**
>
> 天接云涛连晓雾，星河欲转千帆舞。
> 仿佛梦魂归帝所，闻天语，殷勤问我归何处。
> 我报路长嗟日暮，学诗谩有惊人句。
> 九万里风鹏正举。风休住，蓬舟吹取三山去！

1130年

♡ 赵构，李远，清·黄苏 🛡，清·梁启超 🛡

赵构：朕相信你的忠心。

李清照回复赵构：皇上，可惜我追到越州时，您已离开了。

李迒：姐，别再漂泊了，来我这儿，我照顾你。

清·黄苏：此词浑成大雅，无一毫钗粉气！

清·梁启超：此词绝似苏轼、辛弃疾的豪放派词。

包仔：咕咕，"玉壶颁金"是什么意思？

咕咕回复包仔：其实就是有人在赵明诚病死后，惦记着他们家收藏的那些宝贝，就找了个事来诬陷他们。幸好李清照聪明，马上表态把这些东西上交朝廷。我在音频里再跟你细说这件事。

包仔回复咕咕：幸好有惊无险。

咕咕回复包仔：没那么简单。虽然她躲过了这一劫，但在投奔弟弟李迒后，又遇到了更糟糕的事！快看她拒绝家暴的群聊。

搜一搜　搜索

朋友圈　　文章　　公众号　　小程序

圈子 >

渔家傲：词牌名，又名"渔歌子""渔父词"等。　**星河**：银河。　**帝所**：天帝居住的地方。　**天语**：天帝的话语。　**嗟**：慨叹。　**谩有**：空有。　**九万里**：指高空。《庄子·逍遥游》："抟扶摇而上者九万里。"　**鹏**：古代神话传说中的大鸟。　**三山**：《汉书·郊祀志》记载，渤海中有蓬莱、方丈、瀛洲三座仙山，相传为仙人所居住，可以望见，但乘船前往，每逢临近时就会被风吹开，所以无人能到。

词意：水天交接，弥漫的晨雾与云海相连。银河转动，像无数的船只在舞动风帆。我的梦魂仿佛回到天庭，听见天帝在对我说话，他关切地问我要到哪里去。

我回答天帝，这路途还很漫长，如今天色已晚还未到达，即使我学诗能写出惊人的句子，又有什么用呢？长空九万里，大鹏鸟正乘风高飞。请让风不要停息，把我这一叶小舟直接送到蓬莱三仙岛吧！

👥 附近的人

赵构 👤　宋高宗，南宋开国皇帝，李清照想将收藏的器物全部上交给他

李远（háng）👤　李清照的弟弟，南宋官员，李清照晚年寄居在他家

黄苏 👤　清乾隆五十四年（1789）举人，曾在著作《蓼园词选》中评论这首词

梁启超 👤　清末民初思想家、政治家，"戊戌变法"领袖之一，曾在著作《艺蘅馆词选》中评论这首词

拒绝家暴群（500）

李清照

丧夫再嫁，我也知道会成为大家的笑柄。😏 此群瞬间爆满，想必有不少等着看戏的😏群众和准备对我口诛笔伐的卫道士吧。

拒绝家暴群（500）

李远

我姐是再嫁，但不能怪她！姐夫去世后，我姐大病一场，她带着全副家当投奔朝廷，在大海上颠簸，还被叛兵、贼人收走、偷走了不少，等她来到杭州的时候，已经病得很严重了，经常昏迷不醒，我连封棺材用的石灰、铁钉都准备好了。

著《糖霜谱》的王灼

重病就要再嫁吗？

李远

那个自称张汝舟的人带着官文来求亲，我以为他是那个为官清正、大名鼎鼎的明州知府张汝舟，以为他会像前姐夫那样欣赏我姐的才华，我就拼命帮他说好话。其实我姐也很矛盾，她肯定是因为连受打击，而且信了我的话，希望有个人在晚年相互扶持才勉强答应的。

著《糖霜谱》的王灼

那又为什么成亲才一百天就要闹上公堂呢？

李清照

因为我发现，他娶我只是为了我仅剩的那些宝贝。而且，他平日不是出去寻花问柳，就是回来问我要钱。当他知道我的身家已经所剩无几，就对我拳打脚踢！

李远

那个张汝舟就是个骗子！考了几次科举都考不上，就去钻政策的空子，谎报自己考科举已达到朝廷规定的次数，骗了个小官来做。这种人，怎么肯主动和离？我姐只能去告发他！

拒绝家暴群（500）

翰林学士綦崇礼
大宋《刑统》规定，妻子告发丈夫，就算证据确凿也要坐两年大牢。易安居士明知如此依然要告，可见她的痛苦和决心！

李清照
我是戴着枷锁上公堂的，但我不怕！这婚，我离定了！@翰林学士綦崇礼 再次拜谢綦学士为我仗义执言，让我只受了九天的牢狱之苦。

著《糖霜谱》的王灼
易安居士的才华，我是极欣赏的，可惜这件事，真是让你晚节不保啊。

宋地理学家朱彧
本朝才女，李易安绝对是第一。但是，不终晚节啊！

包仔
不离婚，难道看着她继续受欺负吗？对家暴零容忍，我妈说的！如果不是易安居士的才华碾压你们，怕是被你们笑得更惨。

咕咕

 敲黑板喽！意象详解

大鹏鸟：中国神话传说中最大的神鸟，《庄子·逍遥游》中记载，大鹏是由鲲变化而成的。

许多诗人将大鹏作为高远志向、豪迈气概的象征。如李白的"大鹏一日同风起，扶摇直上九万里"。

因大鹏被群鸟视为异类，所以也带有一种不被理解的孤独感，也就有诗人借此抒发对俗世凡夫的傲视，对奸佞小人的不屑。

佛教传入中国后，逐渐出现了大鹏金翅鸟的形象。在《说岳全传》中，大鹏金翅鸟因在佛祖座前疾恶如仇，啄死女土蝠，被贬往东土投胎，生为岳飞。

《三衢道中》：难得好天气，易酿好诗情

朋友的新动态 >

 **曾几**

江南梅雨时节居然天天放晴，真难得啊。

三衢道中

梅子黄时日日晴，
小溪泛尽却山行。
绿阴不减来时路，
添得黄鹂四五声。

♡ 周敦颐，曾准，曾弼，曾懋，曾开，徐俯，韩驹，吕本中，陆游

吕本中：咦，这首别开生面啊，拉你进群聊。

曾几回复吕本中：什么群？

吕本中回复曾几：进群有惊喜。

陆游：老师这么有兴致。

曾几回复陆游：😀 人生最快乐的事莫过于旅游啊。

陆游回复曾几：😀 我也要做个旅游达人。

🔍 搜一搜　搜索

朋友圈　　文章　　公众号　　小程序

💬 圈子 >

作者：曾几（jī）（1084—1166），字吉甫、志甫，自号茶山居士，南宋诗人。

三衢：衢州，今浙江衢州，因境内有三衢山而得名。　**梅子黄时**：指五月，梅子成熟的季节。　**却山行**：再走山路。

诗意：梅子黄透的时候，竟天天都是晴朗的好天气，我乘着小舟沿着小溪而行，走到了小溪的尽头再改走山路。山路上苍翠的树，与我来的时候一样浓密，还多了几声黄鹂的欢鸣声呢。

👥 附近的人

周敦颐 👤　北宋理学家，曾几曾跟随父兄在他门下求学

曾准 👤　北宋名臣，曾几的父亲

曾弼、曾懋（mào）、曾开 👤　曾几的兄长，四人并称"虔州四曾"

徐俯、韩驹 👤　宋朝文人，与曾几交好

吕本中 👤　南宋诗人、词人，曾几的好友

陆游 👤　南宋著名文学家、史学家、爱国诗人，"南宋四大家"之一，曾几的弟子

江西诗派聚会群（35）

吕本中
@所有人　我根据自己的《江西诗社宗派图》拉的人，大家看看有没有遗漏，没的话我就把群主转给黄山谷了，他是你们诗派开山之祖啊。

山谷道人黄庭坚
不敢不敢，诗派之祖还是老杜，我们都是学他的。@杜甫

杜甫
😨嗯？我为什么会在这个群？这是个什么群？

山谷道人黄庭坚
@杜甫　前辈，我们皆是唐后之人，是您的晚辈。他们或多或少学了我，而我学的是您。

杜甫
你不是那个苏东坡门下的四学士之一吗？怎么是学我呢？

山谷道人黄庭坚
😏我的诗是学您的。

后山居士陈师道
@杜甫　前辈，是六学士，我也有份儿的。😨

茶山居士曾几
我来了，这是什么群？

吕本中

@曾几 你先看看群里有什么大神。你不是曾问我诗法吗？我也是江西诗派的，你在这基础上再突破，当然要拉你进来。

赵蕃

@吕本中 @曾几 真是"诸到江西得正宗，后来曾吕出群雄"。

茶山居士曾几

哦，也是，反正我也经常夺杜黄之诗的胎，换他们的骨。"即从江水浮淮水，便上维扬向洛阳。"@杜甫

杜甫

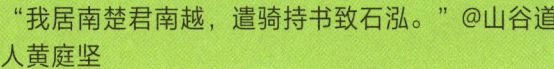 是学我的"即从巴峡穿巫峡，便下襄阳向洛阳"。

茶山居士曾几

"我居南楚君南越，遣骑持书致石泓。"@山谷道人黄庭坚

山谷道人黄庭坚

哈哈哈，是学我的"我居北海君南海，寄雁传书谢不能"。果然是点铁成金、夺胎换骨啊！

江西诗派引领南宋一代诗风

《满江红·怒发冲冠》：且等我收拾旧山河

全网广播：1135年，赵佶死于金，庙号徽宗。岳飞破杨么。

岳飞
还我河山，精忠报国！

> **满江红**
>
> 怒发冲冠，凭栏处、潇潇雨歇。
> 抬望眼、仰天长啸，壮怀激烈。
> 三十功名尘与土，八千里路云和月。
> 莫等闲、白了少年头，空悲切。
> 靖康耻，犹未雪。臣子恨，何时灭。
> 驾长车，踏破贺兰山缺。
> 壮志饥餐胡虏肉，笑谈渴饮匈奴血。
> 待从头、收拾旧山河，朝天阙。

♡ 赵构，韩世忠，张俊，吴玠，刘锜，王贵，张宪，徐庆，牛皋，董先，李道，岳云

满江红

抱石壬寅春南京

赵构：岳卿家，朕已御书"精忠岳飞"锦旗给你。

岳飞回复赵构：谢陛下，臣乞复襄阳，恢复中原，此为基本。

赵构回复岳飞：嗯，但不可称提兵北伐或收复汴京。

韩世忠：若不是当年黄天荡有奸细献策，金兀术早已一命呜呼了！

牛皋：愿随岳统制破敌。

张宪：愿随岳统制破敌。

岳云：爹爹，我已经十六岁了，我也要随你上阵。

岳飞回复岳云：你若来，冲阵你先上，报功你最后。

岳云回复岳飞：遵命！

六 搜一搜　搜索

朋友圈　　文章　　公众号　　小程序

圈子

作者：岳飞（1103—1142），字鹏举，相州汤阴（今河南汤阴）人。南宋抗金名将、诗人。

满江红：词牌名。　**凭栏**：身倚栏杆。　**靖康耻**：宋钦宗靖康二年（1127），金兵攻陷汴京，掳走宋徽宗、宋钦宗两位皇帝。　**贺兰山**：贺兰山脉，位于宁夏回族自治区与内蒙古自治区交界处，一说是指位于今河北邯郸的贺兰山。　**胡虏**：对女真族入侵者的蔑称。　**匈奴**：古代北方民族之一，这里指代金。　**朝天阙**：朝见皇帝。天阙，本指宫殿前的楼观，此处指皇帝居住的地方。

词意：我愤怒得头发直竖，连帽子也被顶起。独自登高倚着栏杆远望，急骤的风雨才刚刚停歇。我望向天际，忍不住大声叫喊，心中充满报国之情。三十余年来建立的功名如同尘土一样微不足道，几千里南北征讨沙场鏖战披星戴月。千万不要虚度年华，待少年郎变白头翁才来悔恨痛心。

靖康年间的耻辱尚未洗雪，为人臣子心中的愤恨何曾泯灭。我只愿驾着战车，踏平贺兰山敌人的巢穴营垒。满怀壮志，饿了就吃敌人的肉；谈笑用兵，渴了就喝敌人的血。且等我收复旧日河山，再回宫阙向皇上报捷。

附近的人

赵构 宋高宗，建立南宋，后为求和，授意秦桧杀岳飞

韩世忠 南宋名将，"中兴四将"之一，岳飞好友，曾因岳飞入狱而怒斥秦桧

张俊 南宋名将，"中兴四将"之一，岳飞上司，后迎合高宗，协助秦桧构陷岳飞

吴玠、刘锜 南宋名将，岳飞同僚

王贵 岳飞部下，后被张俊威逼，告张宪谋反，牵连岳飞

张宪 岳飞部下，被诬陷造反牵连岳飞，与岳飞一同被冤杀

徐庆、牛皋、董先、李道 岳飞部下

岳云 岳飞长子，少年将军，作战英勇，二十三岁时与岳飞、张宪一同被冤杀

六月飞霜千古奇冤群（389）

> 岳飞加入群聊

岳飞〔南宋〕
各位好，在下来报到了。

 李牧〔战国〕
我知道你，岳鹏举，后世南宋的著名将领。进来这群的都是蒙冤受屈的人，都摊上了一个蠢材主公。赵王迁是这样，你的那个赵构也是这样。

岳飞〔南宋〕
@李牧〔战国〕 不敢言君过，都是秦桧害我。

 檀道济〔南朝宋〕
哎呀，你就别替他说话了，之前有只小鸟教了我们上网查东西，你看看后人是怎么写你这事的。

念徽钦既返，此身何属？
千载休谈南渡错，当时自怕中原复。
笑区区、一桧亦何能，逢其欲。

——〔明〕文徵明

岳飞〔南宋〕
这……

 檀道济〔南朝宋〕
刘义隆杀我是自毁长城；赵构杀你，也是自毁长城啊！

岳飞〔南宋〕

> 唉,杀我事小,不能收复中原,此恨悠悠,天日昭昭。

 伍员〔春秋〕

> 你也不用耿耿于怀。你看我,死了还要看着我的国家灭亡。好歹你家皇帝的后代帮你平反了,给你封了王,还有后人来你墓前写诗凭吊呢。
>
> **岳鄂王墓**
>
> 鄂王坟上草离离,秋日荒凉石兽危。
> 南渡君臣轻社稷,中原父老望旌旗。
> 英雄已死嗟何及,天下中分遂不支。
> 莫向西湖歌此曲,水光山色不胜悲。
>
> ——〔元〕赵孟頫

岳飞〔南宋〕

> 此诗甚好,可怜中原父老久望旌旗不至啊。

 于谦〔明〕

> 在下心慕岳少保久矣,土木堡之变后,我亦曾写一首,以表心迹。
>
> **岳忠武王祠**
>
> 匹马南来渡浙河,汴城宫阙远嵯峨。
> 中兴诸将谁降敌,负国奸臣主议和。
> 黄叶古祠寒雨积,清山荒冢白云多。
> 如何一别朱仙镇,不见将军奏凯歌?

08:30　那些刷爆朋友圈的古诗词　　　

六月飞霜千古奇冤群（389）

于谦〔明〕

岳少保正要直捣黄龙之际，却被十二道金牌紧急召回，以"莫须有"的罪名，惨被冤杀，此恨当然难平。不过据我所知，在我朝时，已有地方官铸秦桧等人跪像于岳王坟前，以慰一二。

咕咕

@于谦〔明〕　于少保也放宽心，你也被平反了，你和岳少保一起在西湖相伴呢。

> **谒岳王墓**
>
> 江山也要伟人扶，神化丹青即画图。
> 赖有岳于双少保，人间始觉重西湖。
>
> ——〔清〕袁枚

　敲黑板喽！意象详解

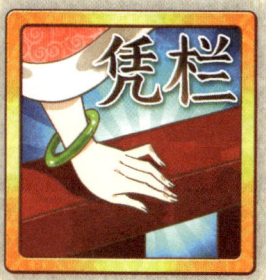

凭栏： 凭栏远眺或凭栏沉思，往往带着惆怅、激动、感慨等情绪，心中翻江倒海、百味杂陈，以栏杆（阑干）来承托着身体和精神的"重量"。

有的是抒发闺怨，表达思念之情，如"楼上几日春寒，帘垂四面，玉阑干慵倚"。

有的是表达家仇国恨，壮志难酬，如"独自莫凭栏，无限江山，别时容易见时难"；如"把吴钩看了，栏杆拍遍，无人会，登临意"，此处的"拍栏杆"如同"捶胸顿足"般懊恼。

有的是抒发羁旅之思、离愁别绪，如"黯乡魂，追旅思，夜夜除非，好梦留人睡。明月楼高休独倚，酒入愁肠，化作相思泪"。

林升

《题临安邸》：还真把这里当家了？

全网广播：1137年，金废伪齐。1140年，金内讧，主和的完颜昌被杀。完颜宗弼分道南侵，侵占土地，后岳飞等将领率军收复失地。赵构听信秦桧谗言，召回岳飞，收复诸地复失。1141年，赵构罢岳飞兵权，岳飞于除夕夜遇害。宋金达成"绍兴和议"，东以淮河中流、西以大散关为界，以南属宋，以北属金，宋向金称臣。

林升
关闭朋友圈评论，想说的都在诗里。

题临安邸

山外青山楼外楼，
西湖歌舞几时休？
暖风熏得游人醉，
直把杭州作汴州。

临安（今浙江杭州）

作者：林升，生卒不详，字云友，又名梦屏，号平山居士，南宋诗人。

临安：南宋的都城，今浙江杭州。金人攻陷北宋首都汴京后，南宋统治者逃亡到南方，建都于临安。　　**邸（dǐ）**：旅店。　　**汴州**：北宋的都城，位于今河南开封。

诗意：青山无尽，楼阁绵延望不到头，西湖上的歌舞何时才能停止呢？暖洋洋的春风吹得人如痴如醉，真把杭州当成往日的京城汴州了。

包仔、咕咕私聊

包仔

咕咕，我在"搜一搜"系统里查到，汴州是北宋的都城东京，但东京不是日本的首都吗？

 咕咕

这个东京的东是东南西北的东，表示方位。在北宋的时候，有东南西北四京呢。

包仔

居然有这么多京城？

咕咕

这是中国的陪都制度，从炎黄时期开始发源，西周基本奠定，在周朝之后，陪都不断增加，三个、四个、五个都有，我带你去看一看。

定都经验分享群（13）

咕咕、包仔加入群聊

 刘秀〔东汉〕

我是汉室宗亲，当入大统，我要到长安谒高庙、祭帝陵，以长安和洛阳并立。

 咕咕

对的对的，不能忘了祖宗啊。

 曹丕〔魏〕

谯为先人故土，长安为旧京，邺为武皇龙兴之地，许昌为山阳公故居，加上洛阳，都立为都吧。

包仔

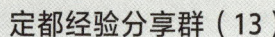你把人家的江山都拿了，还将人家的住地立为都，这不恶心人吗？

 曹丕〔魏〕

与你何干！

定都经验分享群（13）

杨广〔隋〕
大兴城、洛阳城皆是我都，我大隋也是两都并立，哈哈哈。

咕咕
你是不是数漏了你做梦都想迁都过去的江都——那个为了看琼花看到命都没了的地方？

杨广〔隋〕
闭上你的鸟嘴！

李世民〔唐〕
定都关中是必需的，所以我建议以大兴城为都，命名长安。另外，洛阳也要营造宫室啊。

李治〔唐〕
父亲，我把洛阳定为东都了。

武曌〔武周〕
东都难听，我改神都了。另外，并州是朕故里，所以要在太原置北都。

李世民〔唐〕
@武曌〔武周〕 你有什么资格改名？朕是对你太仁慈了，留下了祸患！

李显〔唐〕
@李世民〔唐〕 爷爷放心，我改回来了。

定都经验群（13）

李亨〔唐〕
只有三个都城，怎够显示我大唐繁盛呢？我给加两个，西京凤翔、南京成都。

咕咕
嘻嘻，说得真好听。凤翔是还没收复两京时，你躲着的地方；成都是你爹逃命的地方。

李亨〔唐〕
过段时间我就撤掉了。

赵匡胤〔北宋〕
我大宋除了有东京开封府、西京河南府以外，还有我子孙加的北京大名府、南京应天府，我大宋威武啊！

咕咕
威武到你弟的子孙把你的东京开封府败给了金朝做他们的南京，对吧？

赵匡胤〔北宋〕
那就拿回来！

咕咕
你看看林升朋友圈的诗。你的后代在南京应天府即帝位，后来又退到江南，称临安为"行在所"，又称建康为"行都"，早就不想把汴京拿回来了，所以才有"直把杭州作汴州"的说法。

赵匡胤〔北宋〕
这帮不肖子孙！

 **敲黑板喽！意象详解**

亭台楼阁：古时的亭台楼阁建筑于青山绿水之间，与自然风景完美融合于一体，因此诗人常以亭台楼阁入诗，赞叹风景之美，如"滕王高阁临江渚，佩玉鸣鸾罢歌舞"。

　　古时的亭台楼阁还兼具休息、驿馆的功能，因此容易让人产生离愁别绪、思念之情，如"想佳人妆楼颙望，误几回、天际识归舟"。

　　登临前人留下的亭台楼阁，远眺祖国山河，也常让诗人怀古咏叹，如"多少楼台烟雨中""长风万里送秋雁，对此可以酣高楼""舞榭歌台，风流总被，雨打风吹去"。

　　登楼望远，抒发心中高志，如"欲穷千里目，更上一层楼"。

《游山西村》：山回路转，柳暗花明

全网广播： 1156年，赵桓死于金，庙号钦宗。1161年，完颜亮伐宋，虞允文"采石大捷"，完颜亮被部下所杀。1162年，赵构让位于养子赵昚（是为宋孝宗）。宋为岳飞平反。1163年，张浚主持隆兴北伐，遭遇"符离之战"大败。1164年，宋、金订立"隆兴和议"，金、宋改为叔侄之国。

陆游

😀 无官职在身，更能轻松出游。我爹没给我改错名字呀！

游山西村

莫笑农家腊酒浑，丰年留客足鸡豚。
山重水复疑无路，柳暗花明又一村。
箫鼓追随春社近，衣冠简朴古风存。
从今若许闲乘月，拄杖无时夜叩门。

1167年春

♡ 陆佃 🐻，陆宰 🐻，王安石 🐻，张浚 🐻，张焘，王炎

陆佃 🐻：孙儿，你说得好！一点小挫折，不用灰心。想当年我向王介甫求学，穿着草鞋，背着铺盖，走了上千里

路，路上还遇到山洪，被大水卷走了。哪怕是这样，我也没放弃，所以才能求到真学问啊！

王安石：没错！你爷爷的坚毅感动了我，所以我就倾囊相授了。

陆宰：你这一提，又让我想起往事。那年我入朝述职，与夫人走水路进京，没想到夫人在淮河上生下你，所以就叫你陆游。你那么喜欢出游，还真是应了这名了。

张浚：我主持北伐的时候，要是听你早定长远之计，不轻率出兵，就不至于在符离大败。居然还有人诬陷你力主我出兵，真是毫无节操！连累你被罢官了……

陆游回复张浚：是我得罪了那些结党营私的掌权人士，他们早就想整我了。

张焘：两次都是我太心急了！你提了意见后，我应该先做好准备，收集好证据，再找合适的时机上奏，那就不至于每次都激怒皇上了。

王炎：嗯，你是个人才！入蜀帮我吧！

六 搜一搜   搜索

朋友圈　　文章　　公众号　　小程序

圈子 >

作者：陆游（1125年11月13日—1210年1月26日），字务观，号放翁，越州山阴（今浙江绍兴）人。南宋史学家、爱国诗人，"南宋四大家"之一。

腊酒：腊月里酿造的酒。　　**足鸡豚**（tún）：丰盛的菜肴。豚，小猪,诗中代指猪肉。　　**柳暗花明**:柳色深绿,花色红艳。　　**箫鼓**:吹箫打鼓。　　**春社**:古代把立春后第五个戊日作为春社日,拜祭社公(土地神)和五谷神,祈求丰收。

诗意:不要笑农家腊月里酿的酒浊而浑,在丰收的年景里待客的菜肴非常丰盛。山峦重叠水流曲折,正担心无路可走,忽见柳绿花艳,眼前又出现了一个山村。吹着箫打起鼓,春社的日子快要到来,村民们衣冠简朴,仍保存着古代的风气。今后如果还能乘大好月色出外闲游,我一定随时拄着拐杖来敲你的家门。

附近的人

陆佃	北宋后期名臣,官至尚书右丞,陆游的祖父,王安石的学生
陆宰	南宋藏书家,陆游的父亲
张浚	南宋名臣、学者,西汉留侯张良后人,力主北伐抗金,陆游曾向他献策
张焘(tāo)	南北宋相交时期大臣,陆游朋友、同僚,采纳陆游意见上报朝廷
王炎	南宋大臣,文人,欣赏陆游的才干,任四川宣抚使时,力邀陆游成为他的幕僚

包仔、咕咕私聊

咕咕
陆游也是个名副其实的神童。他出身于江南藏书世家,从小耳濡目染,十二岁就能写诗文了。因为他是官家子弟,祖辈对宋朝有功,很早就获得一个正九品下的官职。

包仔

含着金汤匙出生的就是能少奋斗几十年。

 咕咕

就算有祖辈的福荫罩着,也不见得顺利的。他还没到三十岁的时候进京考试,就遇到了那个使劲打压他的人了。

 咕咕

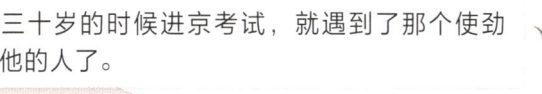

秦桧

@主考官陈子茂 我孙子秦埙今年也参加考试。

 主考官陈子茂
哦,知道了。

秦桧

评好卷了吧?我孙子考得怎样?

 主考官陈子茂
不错,第二。

秦桧

怎么才第二?我在考试前不是已经跟你打好招呼了吗?

 主考官陈子茂
我以为你只是想告诉我,你孙子有参加考试而已。

秦桧

是谁爬在我孙子头上?

> 主考官陈子茂
> 前尚书右丞陆佃的孙子陆游。

包仔

秦桧？就是那个害死岳飞的秦桧？他真是个大坏蛋，难怪要拿他做油炸鬼！幸好他的孙子被陆游给治了。

 咕咕

> 可惜第二年，陆游参加礼部考试时，秦桧指示他的亲信御史中丞魏师逊和礼部侍郎兼大学士汤思退把陆游刷下来，陆游就落榜了，直到秦桧病死，陆游才当了福州宁德县掌管文书的小官，没多久被调入京城，做了个负责校对的八品文官。但因为他支持抗金，所以一直被主和派排斥，再加上得罪了一些掌权的人，就被罢了官。这首诗，就是他闲居在家，出外游村时作的。

 沈园——承载了陆游一生的深情

 陆游

《卜算子·咏梅》：粉身碎骨仍留清芬

朋友的新动态 >

 **陆游**
爱怎么说怎么说，反正我都没放心上。

> **卜算子·咏梅**
>
> 驿外断桥边，寂寞开无主。
> 已是黄昏独自愁，更着风和雨。
> 无意苦争春，一任群芳妒。
> 零落成泥碾作尘，只有香如故。

♡ **王炎，虞允文，范成大，张季长，阎苍舒，范西叔，高子长**

王炎： 务观的《平戎策》被朝廷否决，我也被调回京城，真不甘心啊！

陆游回复**王炎**：我第一次亲临抗金前线，可惜壮志未酬……

张季长：只做了八个月的同僚，南郑幕府就被朝廷解散了。

陆游回复张季长：你我邂逅南郑，异体同心，我相信他日必定还能再次共襄义举！

虞允文：我入蜀重整军队，裁汰老兵弱兵，蜀中各地急需能手。我看好你！

陆游回复虞允文：您主持"采石之战"，大败金帝完颜亮，令大宋扬眉吐气，我钦佩至极，一定全力配合！

范成大：务观，我调入蜀中了，约起来！

陆游回复范成大：赞赞赞！我打算在杜子美草堂附近的浣花溪畔开辟菜园，一起玩种菜收菜吧。

杜甫回复陆游：识货，那是宝地。

搜一搜　搜索

朋友圈　文章　公众号　小程序

圈子 >

卜算子：词牌名，又名"百尺楼""眉峰碧""楚天遥"。
着（zhuó）：遭受，承受。　　**碾**：轧烂，压碎。

词意：驿站外的断桥边，梅花孤独绽放无人关顾。它在黄昏中独自哀愁，还被风雨无情吹打。梅花压根儿没有与百花在春天争奇斗艳的心思，对百花的妒忌和排斥更是毫不介怀。纵然它片片凋落在地，粉身碎骨碾作尘泥，它的清芬依然留在世间。

附近的人

虞允文　南宋名臣，唐名臣虞世南后人，赏识、举荐陆游

范成大　南宋名臣、文学家，陆游的上司、好友，与陆游同列"南宋四大家"

张季长、阎苍舒、范西叔、高子长　陆游在南郑幕府时的同僚

共商北伐群（100）

乾道七年（1171）

　王炎

> 务观一边赶路赴任，还能一边写出《入蜀记》这么优秀的长篇游记，果然是人才！草拟北伐计划书的事，就交给你了。

陆游　
> 马上搞定！

陆游　
> 《平戎策》.docx
> 43KB

　王炎

> "收复中原必须先取长安，取长安必须先取陇右；积蓄粮食，训练士兵，有力量就进攻，没力量就固守。"

共商北伐群（100）

张季长
写得好！不苟安也不冒进。

陆游
我还有个建议。虽然吴玠、吴璘两兄弟是抗金名将，但他们的子弟却远不如父辈。尤其是吴璘的儿子吴挺，骄傲放纵，因一点小事就杀人。与其用他来掌兵，还不如用吴玠的儿子吴拱。

王炎
但吴拱这人很胆小，也没什么智谋，要是遇到敌军，必败无疑。

陆游
吴挺遇敌也不一定能赢。况且，他还没战功就已经那么嚣张，要是有了战功，恐怕就更无法无天了。

王炎
这事，再从长计议吧。

开禧三年（1207）

王炎
好不容易才等到北伐，没想到吴挺的儿子吴曦竟然老早就接受了金国的诏书和金印，通敌卖国，当起了蜀王！当年真该听务观的，拿掉吴挺的兵权。

韩侂胄
😭😭😭我作为北伐的主帅，竟被自己人暗杀，连头颅都被送到金朝……我死不瞑目啊！

共商北伐群（100）

 辛弃疾

 开禧北伐，我被起用，但我的身体不争气啊！有生之年，我已等不到北定中原的那一天了。

嘉定二年（1210）十二月

陆游

我也等不到啊！

示 儿

死去元知万事空，但悲不见九州同。
王师北定中原日，家祭无忘告乃翁。

咕咕

说到陆游，肯定绕不过上面这首诗。你要是心急，可以先翻到第157页看哦。

《太常引·建康中秋夜为吕叔潜赋》：斫去桂婆娑，清光应更多

朋友的新动态 >

辛弃疾
你说我南归十二年做了些什么？徒增白发而已。

> **太常引·建康中秋夜为吕叔潜赋**
>
> 一轮秋影转金波，飞镜又重磨。
> 把酒问姮娥：被白发、欺人奈何？
> 乘风好去，长空万里，直下看山河。
> 斫去桂婆娑，人道是、清光更多。

建康（今江苏南京）

@ 提醒谁看：吕叔潜

♡ 吕叔潜，辛赞，耿京，刘瞻，王友直，范邦彦，吕祖谦

辛赞：你能南归，已是我毕生心愿。记住，为你取名弃疾，就是要你效仿霍去病将军。

辛弃疾回复辛赞：我永远记得爷爷当年带我登高望远，指画山河，告诉我哪里才是祖国。

党怀英：天涯共此月。

辛弃疾回复党怀英：世杰，但愿我们不是在沙场上再见。

刘瞻：幼安、世杰，你们是我最得意的门生，真不愿见你们这样……

耿京：幼安为我报仇，代我南归，只要静待良机，定能恢复中原！

吕叔潜：幼安写得好！斫桂露清光！

王友直：斫桂好！

范邦彦：斫桂好！

史浩：哼，一堆"归正人"！

包仔：什么是"归正人"？

咕咕 回复 包仔：在群聊里跟你说。

< 六 搜一搜　搜索

朋友圈　　文章　　公众号　　小程序

圈子 >

作者：辛弃疾（1140年5月28日—1207年10月3日），原字坦夫，后改字幼安，中年后别号稼轩居士，山东济南人。南宋官员、将领，豪放派词人，有"词中之龙"的美誉，与苏轼合称"苏辛"，与李清照并称"济南二安"。

太常引：词牌名。　**飞镜**：月亮。　**姮娥**：嫦娥。　**被**：加上。　**斫**（zhuó）：砍。　**斫去桂婆娑，人道是，清光更多**：化用杜甫的《一百五日夜对月》中的"斫却月中桂，清光应更多"。

词意： 一轮秋月洒下皎洁月光，就像这面飞天明镜又被重新磨亮了。我举起酒杯问那月中的嫦娥：怎么办呢？白发日增，好像故意欺负我。我要乘风飞上万里长空，俯视祖国的大好山河，再砍去月中摇曳的桂树枝。人们说，这将使月亮洒下更多清光。

附近的人

吕叔潜 名大虬，南宋官员，辛弃疾的好友

吕祖谦 南宋著名理学家、文学家，吕叔潜的从侄，创立"金华学派"，辛弃疾的好友。吕祖谦去世，辛弃疾为其写祭文

辛赞 生于北宋，在金朝为官，辛弃疾的祖父

党怀英 金朝文学家、书法家，辛弃疾的同学及知己好友，因追求不同而分道扬镳

刘瞻 金朝文学家，辛弃疾、党怀英的老师

耿京 组织义军抗金的首领。辛弃疾任其掌书记，奉命率众南渡向南宋朝廷上表，在得知耿京被叛徒谋害后，毅然冲入敌营擒拿叛贼并移交南宋朝廷

王友直 起义军领袖，曾与辛弃疾一同抗金南归

范邦彦 宋、金边境蔡州新息县县令，乘宋金交战，开城迎接宋军，辛弃疾的岳父

史浩 曾任南宋丞相，提出"归正人"这个蔑称，认为不可重用从北方南归的人

誓要南归群（500）

绍兴三十一年（1161）

 耿京
完颜亮大举南侵，残杀无辜，是可忍孰不可忍！反他！

辛弃疾
@耿京 我已聚集两千人，反他！

 贾瑞
还有我这边的义军，反他！

 王友直
我也有队伍，反他！

 耿京
@辛弃疾 @贾瑞 @王友直 快来！

 耿京
太好了，如今我们已有数十万大军。

辛弃疾
抓住这个机会，向宋廷上表。要是能与宋军互相接应，没准儿能一举收复中原。

 耿京
@辛弃疾 @贾瑞 好，你们率表南下！

誓要南归群（500）

绍兴三十二年（1162）

辛弃疾

@耿京 大哥，一切顺利！皇上任命大哥为天平军节度使，知东平府兼节制京东、河北路忠义兵马，还有差不多两百兄弟被补官。

王友直

张安国为了区区一个济州知州的官位，刺杀了大哥！你别回来，快走！

辛弃疾

此仇不可不报，看我的！

范邦彦

@辛弃疾 天啊！你竟然以五十骑突袭五万人的金营，不仅全身而退，还活捉了张安国，带走一众旧部。我服了！我的女儿，一定要许配给这样的英雄。

包仔、咕咕私聊

包仔

我要为辛弃疾拍烂手掌！五十人闯五万人的军营，这不是天兵神将吗？

咕咕

辛弃疾身上能称为传说的还不止这件事。他南渡以后,别人告诉他,在这里要考科举才能堂堂正正地做官,没想到他不以为然地说,只要用三百文钱买点时文看看就能考上。

包仔

什么是时文?

咕咕

类似现在的教辅吧。结果,他真的一举考中了!后来宋孝宗赵昚看见他就问:"这个就是用三百文钱买朕官位的人吗?"

包仔

哈哈哈,这肯定是史上最便宜的"买官"交易!既然辛弃疾文武双全,应该很受重用才对呀。

咕咕

这就要说到朋友圈里提到的"归正人"了。意思就是,从北方回归正统的人,这是史浩对他们的蔑称。不少南宋的官员都觉得从金国南归的人中可能藏有间谍,所以不信任他们。加上南宋的皇帝,在本质上都是懦弱避战的,所以辛弃疾作为"主战派",在仕途上并不顺利。但毕竟他才能出众,在众多南归的爱国人士之中,他算是很受重视的一个了。

包仔

但他始终没有完成恢复中原的心愿啊。

咕咕

所以辛弃疾后来写了这么一首词：

鹧鸪天

壮岁旌旗拥万夫，锦襜突骑渡江初。
燕兵夜娖银胡䩮，汉箭朝飞金仆姑。
追往事，叹今吾，春风不染白髭须。
却将万字平戎策，换得东家种树书。

咕咕

他看清南宋朝廷根本无意恢复中原，说干脆把那几万字平定金人的策略，拿去换换种树的书算了。

包仔

 好好一把宝刀就这么摆到生锈了……

为什么说辛弃疾是南归人士中最受重视的一个？

《小池》：谁人比我更会捕捉镜头

杨万里

杨万里

就爱郊游。

小 池

泉眼无声惜细流，树阴照水爱晴柔。
小荷才露尖尖角，早有蜻蜓立上头。

1176年 · 吉水（今江西吉安）

♡ 杨芾，王庭珪，刘才邵，张浚，张九成，胡铨，赵鼎，虞允文

杨芾：不枉我忍饥挨饿地买书回来！我儿有所成了，已经摆脱了江西诗派的束缚，自成一格的"诚斋体"通俗易懂、活泼诙谐，好啊！

王庭珪：大爱我这学生！

刘才邵：大爱我这学生+1！

张九成：大爱我这学生+2！

胡铨：大爱我这学生+3！

张浚😊：好！记得秉持我所说的"正心诚意"之学啊。

杨万里回复张浚😊：不曾忘！学生自号"诚斋"，书屋也叫"诚斋"。

赵昚：廷秀居家养病三年，令朕少了一个得力助手啊！如今你大病初愈，先替朕好好治理常州。你是大才，朕必倚重！

杨万里回复赵昚😊：谢皇上！

虞允文😊：我与皇上有"共雪靖康之耻"的约定。但我一死，朝中主和派东山再起，我怕皇上会失去北伐的斗志啊。你和我政见相同，且为人刚正，北伐之事就靠你辅佐皇上了！

杨万里回复虞允文😊：雍国公，我必定竭尽所能！

< 🔶 搜一搜　搜索

朋友圈　　文章　　公众号　　小程序

💬 圈子 >

作者：杨万里（1127—1206），字廷秀，号诚斋。南宋著名文学家、官员，与陆游、尤袤、范成大并称为"南宋四大家"。一生作诗两万多首，传世作品四千二百首，并创造了语言浅近明白、清新自然且富有幽默情趣的"诚斋体"，被誉为一代诗宗。

泉眼：泉水的出口。　　**晴柔**：晴天里柔和的风光。

诗意：泉水无声流淌是因为舍不得那细细的水流，树荫倒映水面是因

为喜爱晴天里的柔美景致。嫩荷才刚刚露出尖尖的角，就有一只小蜻蜓早早立在上头了。

附近的人

杨芾（fú） 杨万里的父亲

王庭珪（guī） 两宋之交重要诗人，与杨万里同郡，杨万里的老师

刘才邵 南宋官员，杨万里进士及第时拜刘才邵为师

张九成 南宋官员，主张北伐抗金，杨芾曾带杨万里拜谒求教

胡铨 南宋名臣，文学家，主张北伐抗金，杨芾曾带杨万里拜谒求教

张浚 南宋名臣，学者，西汉留侯张良后人，力主北伐抗金。杨万里曾三次拜谒不得见，后多次以书信求见，并得到张浚儿子张栻的介绍才得到接见。张浚勉之以"正心诚意"之学，对杨万里影响至深

赵昚（shèn） 宋孝宗，南宋中兴之主。曾重用杨万里，后厌恶杨万里

虞允文 南宋名臣，唐名臣虞世南后人。杨万里服完父丧后，向虞允文上政论《千虑策》，得到虞允文的赏识和提拔

包仔、咕咕私聊

包仔

好像皇上和杨万里的老师都很喜欢他哦，他肯定是个大好官。

包仔、咕咕私聊

咕咕

说对了,他清正廉洁,爱惜百姓,还曾带兵平乱,被宋孝宗盛赞有"仁者之勇"。让你看看他在公元1170年治理奉新县的事吧。

咕咕

 师爷
报告知县大人,大牢满员了。

杨万里
竟然有那么多人犯事?都犯什么事了?

 师爷
大多都是拖欠租税。

杨万里
奉新县大旱,农户失收,缴不起租税也在情理之中。都放了吧。

 师爷
如果就这么放了,他们就更加有恃无恐地拖欠了。

杨万里
百姓每年缴那么多租税,但官署府库依然空虚,你以为我不知道底下的人都干了什么吗?全部放了!还有,禁止逮捕和鞭打百姓!

师爷
大人,您这样做,也很难跟上头交差啊……

包仔、咕咕私聊

杨万里
> 给我拟份公文,就说因旱灾这一特殊情况,减少百姓的税额,放宽缴税期限。给我通知到每一家每一户!

师爷
> 是的是的!

半个月后

师爷
> 大人,都缴了都缴了!

杨万里
> 什么都缴了?

师爷
> 租税啊!不出一个月,奉新的百姓都来补缴租税了!大人英明啊!

包仔
> 哎哟,我也要说一句"大人英明啊"!

咕咕
> 杨万里做京官的时候,预先准备好由杭州回家的盘缠,锁在箱里,还不准家人做"剁手党"买买买,以免卷铺盖走人的时候有太多行李。

包仔
> 啊?别人去做官都是想着步步高升,他怎么想着卷铺盖走人?

包仔、咕咕私聊

 咕咕
这就是他与众不同的地方。他在江东转运副使任满时攒了上万贯钱,一贯钱大概有一千文吧,他全部放在官库里,留给后人用,一文钱都没带走呢!

敲黑板喽!意象详解

活泉:泉水出现在大量的山水诗中,带有隐逸的象征意味,也代表大自然的清幽之美、诗人心境的平静,如"明月松间照,清泉石上流"。

活泉连绵不绝,在诗歌中象征孜孜不倦的求学态度,如"为有源头活水来";也比喻心中源源不断的情感,如"涌泉相报"。

《稚子弄冰》：说到童趣专家，我当仁不让

杨万里

🧒 小孩子什么都能玩，还总叫人意想不到。

> **稚子弄冰**
>
> 稚子金盆脱晓冰，彩丝穿取当银钲。
> 敲成玉磬穿林响，忽作玻璃碎地声。

1179年春 · 常州

♡ 杨苉🧒，项世安，姜特立，周必大，陆游，杨长孺

杨苉🧒：🧒 我儿写的童趣就是接地气，处处透出生活味儿。

杨长孺：🧒 爹，我的娃由您带，让您多点写作题材。

项世安：雄吞诗界前无古，新创文机独有今。

姜特立：今日诗坛谁是主，诚斋诗律正施行。

周必大：廷秀的诗，笔端有口，句中有眼。

陆游：不仅我服，天下都服！

钲：古代的一种像锣的乐器。　　**磬**（qìng）：古代打击乐器，用玉或石制成。　**玻璃**：指古时候的一种天然玉石，也叫水玉。

诗意：清晨，满脸稚气的小孩将夜间冻结在盘中的冰块取出，用彩线穿起来，就像一个银钲。轻轻敲打，玉磬般清脆的声音穿林而过，突然冰块落地，又传来水玉破碎般的响声。

附近的人

杨长孺	杨万里的儿子，原名寿仁
项世安	南宋官员，文人，对杨万里所创的"诚斋体"赞不绝口
姜特立	南宋官员，诗人，杨万里的同僚，极为推崇杨万里的"诚斋体"诗，杨万里也非常欣赏他
周必大	南宋政治家、文学家，"庐陵四忠"之一，十分欣赏杨万里的诗文
陆游	南宋著名文学家、史学家，与杨万里并称"中兴四大诗人"，杨万里好友，极推崇杨万里的诗文及为人

童趣群（3人）

包仔
说到童趣，杨伯伯是真的很有自信哦。

杨万里
失礼了，我只敢认第二。

咕咕
但没人再敢认第一。

包仔
杨伯伯，您快晒晒吧，除了这首《稚子弄冰》，还有哪些代表作呀？

杨万里
这两首是我在初夏刚睡完午觉时写的。

闲居初夏午睡起（其一）

梅子留酸软齿牙，芭蕉分绿与窗纱。
日长睡起无情思，闲看儿童捉柳花。

包仔
我也是，我也是，我看见在空中飘来飘去的东西就想用手抓。

杨万里

闲居初夏午睡起（其二）

松阴一架半弓苔，偶欲看书又懒开。
戏掬清泉洒蕉叶，儿童误认雨声来。

童趣群（3人）

包仔

🧒 我对声响也特别敏感，风吹动窗帘的时候，我还以为有什么东西进屋里来了呢，吓坏我了！

 杨万里

这首是乘船过安仁时写的。

舟过安仁

一叶渔船两小童，收篙停棹坐船中。
怪生无雨都张伞，不是遮头是使风。

包仔

他们把雨伞当成帆，我呢，是把雨伞当成降落伞，可好玩了！当然咯，不能站太高，顶多1米，就是意思意思。😁

 杨万里

这句是晚归过西桥时写的。

山童抛石落溪水，唤作鱼儿波面跳。

包仔

我那次跟爸爸去钓鱼，故意把石头扔进塘里，就是想吓走那些鱼，不让老爸钓，气得老爸直跳脚。

 杨万里

这句是住在新市徐公店时写的。

儿童急走追黄蝶，飞入菜花无处寻。

童趣群（3人）

包仔

> 哈哈哈，这些事我全部都做过！这些小孩子玩意儿，真是完全逃不过杨伯伯的眼睛哦。

 杨万里

> 归根结底，我就是个童心未泯、万中无一的有趣灵魂。

《丑奴儿·书博山道中壁》：怎么说愁，是个学问

 **辛弃疾**
　　不说了，还是聊天气吧。

> **丑奴儿·书博山道中壁**
>
> 少年不识愁滋味，爱上层楼。
> 爱上层楼，为赋新词强说愁。
> 而今识尽愁滋味，欲说还休。
> 欲说还休，却道"天凉好个秋"！

博山（今江西广丰）

　　党怀英：我当年已经跟你说了，好好想想岳将军，再想想你投奔的是什么样的人……
　　辛弃疾回复党怀英：我自己选的，我绝不后悔！我也尊重你的选择。
　　岳飞 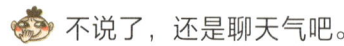：你说不出的愁，我懂！

辛弃疾回复岳飞😭：👑靖康耻，犹未雪，臣子恨，何时灭！

虞允文😔：你说不出的愁，我也懂！

辛弃疾回复虞允文😔：十几年前我上奏朝廷的《美芹十论》不获批准就算了，但您是获得采石大捷的抗金名臣，为何也不接纳我专门@您的《九议》呢？

虞允文😔回复辛弃疾：😔看看当时朝廷的氛围，看看我们军队的状态，未到时候啊。

< ✴ 搜一搜　搜索

朋友圈　　　文章　　　公众号　　　小程序

💬 圈子 >

丑奴儿：词牌名，又名"采桑子"。　　**强**（qiǎng）：竭力，极力。

词意：年少时，我不懂什么是忧愁，喜欢登高望远。我喜欢登高望远，为了写出新词，没有愁也硬要说有愁。如今我已尝尽了忧愁的滋味，想说却又说不出口。想说又已说不出口，只能说句"好个凉爽的秋天啊"！

< 　　　　👥 **附近的人**　　　　　· · ·

虞允文 👤　南宋名臣，唐名臣虞世南后人，主张北伐抗金。辛弃疾曾将表达自己抗金主张的《九议》致虞允文，却未被采纳

岳飞 👤　南宋抗金名将，位列南宋"中兴四将"之首，深受辛弃疾景仰

辛弃疾、党怀英私聊

党怀英
登山吧，去不去？

辛弃疾
去！我小时候，最喜欢跟着爷爷登高望远了。

党怀英
幼安，每次居高临下俯瞰祖国大好河山，我就觉得自己的心特别开阔，能装下整个神州大地。如今我们也学有所成，是时候为国效力了！

辛弃疾
世杰兄说得好！我的志愿就是岳将军说的"收拾旧山河"，是时候好好大干一场了！

党怀英
你乱说什么？这里是金国的统辖地。

辛弃疾
没错啊，我们早就深入敌腹，更有条件剖开它的肚子。

党怀英
只要是为黎民百姓谋福利，在哪里当官又有什么区别呢？

辛弃疾
区别大了去了！是金人侵略我们、奴役我们，我们怎么能认贼作父呢？

辛弃疾、党怀英私聊

党怀英
你决定了？要南渡？

辛弃疾
你决定了？要留下？

党怀英
那我们以后，就要各为其主了。

辛弃疾
好！就这样吧。吾友安此，余将从此逝矣。从今往后，你在北，我在南。如果还能再见，那就一定是我北定中原之时！

《清平乐·村居》：山村美，人情更美

辛弃疾

这一家子，真叫人羡慕。

清平乐·村居

茅檐低小，溪上青青草。
醉里吴音相媚好，白发谁家翁媪？
大儿锄豆溪东，中儿正织鸡笼。
最喜小儿亡赖，溪头卧剥莲蓬。

♡ 范如玉，陈亮，朱熹，叶衡

辛弃疾：在票圈吼一声，我退休了，在上饶建了带湖庄园，欢迎朋友们来玩。

叶衡：这就退休了？可惜你刚组建起来的飞虎军无用武之地啊。

辛弃疾回复叶衡：也没谁想起用他们。

朱熹： 哇，一百间房，才占了庄园面积的十分之四，我这乡巴佬真是没见过世面！

辛弃疾回复朱熹：我在高处建舍，低处辟田，主要是田占地多。人生在勤，当以力田为先，自耕自足嘛。所以，我这庄园叫稼轩，我自号稼轩居士。

陈亮：报名报名，我要来！

范如玉：这庄园，可有的我忙活了。

辛弃疾回复范如玉：夫人，你在这儿好好享福，别再操劳了。再过几年，我们一起五十大寿的时候，加起来刚好一百岁，到时一定要好好庆贺一下这半生相守。

王蔺： 哼，当然住得奢华啊！用钱如泥沙，杀人如草芥！

辛弃疾回复王蔺：要不是你告这一状，我还下不了决心退下来。谢了哈。

搜一搜　　搜索

朋友圈　　文章　　公众号　　小程序

圈子

吴音：吴地的方言。作者当时住在信州（今江西上饶），这一带的方言为吴语。　**相媚好**：互相逗趣取乐。　**翁媪**（ǎo）：老翁和老妇。　**亡**（wú）**赖**：顽皮，淘气。亡，通"无"。

词意：草屋的茅檐又低又小，溪边长满了碧绿的小草。不知是谁家的老翁、老妇，带着醉意用吴地方言逗趣调笑。大儿子在溪东边的豆田锄草，二儿子正在编织鸡笼。最令人喜爱的是小儿子，他正趴在溪头草丛，剥着刚摘下的莲蓬。

附近的人

范如玉	👤	范邦彦的女儿，辛弃疾的妻子，两人扶持终老
陈亮	👤	南宋思想家、文学家，曾被辛弃疾数次救助
朱熹	👤	南宋著名理学家，程朱理学的代表人物，辛弃疾的好友
叶衡	👤	曾任南宋宰相，欣赏并多次举荐辛弃疾
王蔺	👤	南宋官员，与辛弃疾政见不同，任谏官时弹劾辛弃疾"用钱如泥沙，杀人如草芥"，令辛弃疾被罢官

🎵 音频

🔍 被弹劾罢官隐居上饶的辛弃疾，过的可不是茅檐低小的日子

《西江月·夜行黄沙道中》：稻花醉香，丰年临近

 **辛弃疾**

　　太好了！今年是个丰收年！

> **西江月·夜行黄沙道中**
>
> 明月别枝惊鹊，清风半夜鸣蝉。
> 稻花香里说丰年，听取蛙声一片。
> 七八个星天外，两三点雨山前。
> 旧时茅店社林边，路转溪桥忽见。

♡ 陈亮，朱熹，吕祖谦😊，陆九渊，陆九龄😊

朱熹： 闲居乡村，专注学术，这多好啊！之前，我与东莱先生、复斋先生及象山先生曾在这附近的鹅湖寺搞了个哲学高峰论坛——"鹅湖之会"。时隔多年，不如你牵头再搞起来？

陈亮： 支持稼轩搞起文化学术旅游养生跨界项目，多

组织几次鹅湖之会!

吕祖谦 😊：我上次促成"鹅湖之会"，是为了调和朱晦庵理学和陆氏兄弟心学的理论分歧，让他们能统一起来，可惜事与愿违啊。

陆九龄 😊 **回复吕祖谦** 😊：东莱先生，朱晦庵的理学讲究格物致知，要人多看书、多观察，穷尽事物之理；而我们两兄弟讲求"明心"，弄清了自己的内心，自然能贯通万事万物的道理。这根本就是天南地北，谁也说服不了谁，怎么调和呢？

陆九渊：现在已经没有吕东莱主持大局，我哥也不在了，难道就我和朱晦庵两个在那儿争辩吗？

辛弃疾：😊 最终目的都是要贯通天下之理，只是手段不一样而已，都能到达终点不就行了吗？下次要是再搞鹅湖之会，就别谈统一学术理论了，不如谈谈怎样才能北定中原、统一国家吧。

陈亮回复辛弃疾：支持！北伐抗金，我必到！

< 🔍 **搜一搜**　搜索

朋友圈　　文章　　公众号　　小程序

💬 圈子 >

西江月：唐教坊曲名，后用作词牌名。又名"白蘋香""步虚词""晚香时候""玉炉三涧雪""江月令"。　**黄沙道**：南宋时一条繁华的官道，位于今江西上饶。　**别枝**：横斜的树枝。　**社林**：土地庙附近的树林。社，土地神庙。　**见**：同"现"，显现，出现。

词意：天边的明月升上了树梢，惊飞了栖息在枝头的喜鹊，清凉的晚风吹来了远处的蝉叫声。伴随着稻花的香气，耳边传来阵阵蛙鸣，似乎在说今年是丰收的年景。天边挂着疏疏落落的星星，山前下起淅淅沥沥的小雨。我走路刚转到溪边小桥，忽然发现旧时那家在土地庙树林旁的茅屋小店就在眼前。

附近的人

吕祖谦　南宋著名理学家、文学家，朱熹的学友，曾尝试调和朱熹的理学与陆氏兄弟心学的理论分歧，与朱熹、张栻并称"东南三贤"

陆九渊　南宋哲学家、官员，陆王心学代表人物，世称"象山先生"

陆九龄　南宋哲学家，陆王心学代表人物，陆九渊的哥哥，世称"复斋先生"

音频

"蓦然回首，那人却在，灯火阑珊处"——被称为"词中之龙"的辛弃疾并非只有豪放词出色

《春日》：以寻芳之句寓求圣之心

朱熹

泗水胜地，我仰慕已久，要是能去看看就好了。

春 日

胜日寻芳泗水滨，
无边光景一时新。
等闲识得东风面，
万紫千红总是春。

♡ 程颢，程颐，李侗，杨万里，辛弃疾，陈亮，吕祖谦，陆九渊

辛弃疾：泗水之滨早被金人占领，如果我们不能北归，又怎能在那儿踏青寻芳呢？一想到这儿，我就无比心痛！

李侗：孔圣人曾在泗水弦歌讲学，你是想求得圣人之道啊。

朱熹回复李侗😀：😀老师最懂我。

程颐😀：这徒孙不错哈，大有把我和我哥的"洛学"发扬光大的意思呀。

朱熹回复程颐😀：😀先师谬赞，弟子自当竭尽所能。

杨万里：宰相王淮问我"何事最急先务"，我说是人才。你就是个人才啊，我会举荐你的。

吕祖谦😀：用东风寄寓孔圣之道，妙啊！

陆九渊：虽然我们在学术上的见解不同，但朱晦庵这诗确是好诗。

〈 六 搜一搜　搜索

朋友圈　　文章　　公众号　　小程序

💬 圈子 〉

作者：朱熹（1130—1200），字元晦，又字仲晦，号晦庵，晚称晦翁，谥文，世称朱文公。祖籍徽州府婺源县（今江西婺源），出生于南剑州尤溪（今属福建尤溪）。南宋著名理学家、思想家、哲学家、教育家、诗人，闽学派的代表人物，世尊称为朱子。朱熹是唯一非孔子亲传弟子而享祀孔庙的人，位列大成殿"十二哲"之中。

寻芳：游春，踏青。　　**泗水**：河名，在山东省。　　**滨**：水边。
等闲：轻松，寻常。

诗意：风和日丽之时，在泗水之滨踏青，此处无边无际的景致已经焕然一新。任谁都能轻易看出春天来了，因为到处都是万紫千红、百花争艳的春景。

附近的人

程颢	北宋理学家、教育家,创立"洛学",为理学奠定了基础。朱熹师承"二程"的三传弟子李侗,与"二程"合称"程朱学派"
程颐	北宋理学家、教育家,程颢的胞弟
李侗	南宋学者,程颐的三传弟子,朱熹的师父
杨万里	南宋著名文学家、官员,曾举荐朱熹
辛弃疾	南宋著名词人、官员,朱熹的朋友
陈亮	南宋思想家、文学家,创立"永康学派",朱熹的朋友
陆九渊	南宋哲学家、官员,陆王心学代表人物,与朱熹的理学存在分歧

理学答疑群(3)

包仔

@朱熹 请教朱伯伯,"格物致知"到底是什么意思啊?

 朱熹

这一句,最早出自《礼记·大学》,但是没解释,所以一直是个谜。我想,大概是想后人自己去领悟吧。所以,我只能告诉你,我是怎么理解的。

 咕咕

这也很好呀,我们听了朱伯伯的解释,也可以有我们自己的理解。

理学答疑群（3）

朱熹
你这学习观很正嘛。那你听好了。我认为，格物就是通过不断地读书、研究、分析和总结，透过事物的表象看到事物的本质，然后再用你已经掌握的知识去继续探索未知，互相关联，融会贯通之后，就能掌握万事万物的规律，也就是致知了。

包仔
哦，这就像老师说的"举一反三"。朱伯伯，您要是在我们那个时代，肯定很多人找您开什么读书会。

咕咕
朱伯伯，我知道您还有一套知、行的理论，但我不太懂。

朱熹
哦，"知先行重"，这个很好理解。"知为先"，先要知道各种伦理道德，才能指导我们的行动；但光知道不做出来也不行，实际践行是非常重要的，所以我说"行为重"。

包仔
但是，不做过又怎么知道是对还是错呢？要先做，才能知道吧？朱伯伯，您是怎样先知道的？

朱熹
我……就是多看书，多分析、研究呀，吸取前人的经验教训啊。

理学答疑群（3）

包仔
难道，看书、分析、研究，这些都不算实践吗？还有，前人也不会向我们拍胸脯担保自己那些经验教训都是对的呀。

 朱熹
这个，嗯……我还真要好好想想了……

🔍 朱熹在白鹿洞书院的办学方式，成为后续七百多年书院办学的模板

《晓出净慈寺送林子方(其二)》:你以为我在送你,其实我在留你

全网广播:1187年,赵构崩,庙号高宗。

 杨万里
再看看,再想想,真要走吗?

晓出净慈寺送林子方
(其二)

毕竟西湖六月中,
风光不与四时同。
接天莲叶无穷碧,
映日荷花别样红。

1187年 · 杭州

@ 提醒谁看:林子方

♡ 林子方、赵昚、赵惇、苏轼 😊,南宋 · 谢枋得 😊,明 · 王象晋 😊,清 · 汪灏 😊

林子方: 🐵 谢谢老领导送我,太感动了!

赵昚： 廷秀，你这领导做得不错，很关心下属嘛。

杨万里回复赵昚：为皇上栽培更多贤士，这是臣应该做的。

赵惇：老师不管是治学还是待人都是至真至诚的，无愧"诚斋"二字！

杨万里回复赵惇： 再次感谢太子为我的书屋亲题"诚斋"二字！

苏轼 ：不好意思啊，廷秀，不少人都把这诗算我名下了。

南宋·谢枋得 ：对不起啊，廷秀，是我在《千家诗》里搞错了。

明·王象晋 ：对不起啊，廷秀，我在《二如亭群芳谱》里也没改过来。

清·汪灏 ：对不起啊，廷秀，我在《广群芳谱》里继续沿用了这个说法。

杨万里： 哈哈哈，沾了苏大学士的光了。楼上各位不用在意。

〈　　六 搜一搜　　搜索

朋友圈　　　文章　　　公众号　　　小程序

圈子 〉

晓出：太阳初升。

诗意：毕竟是西湖六月天的景色啊，秀丽的风光与其他时节大不相同。层层叠叠的莲叶仿佛与天相接，满眼是一望无尽的碧绿；红日与荷花相映，显得分外鲜艳娇红。

附近的人

林子方 　林枅（jī），字子方，南宋官员，杨万里的下属兼好友

赵惇 　即宋光宗，当时是太子。杨万里任东宫侍读时，太子亲题"诚斋"二字赠给杨万里

谢枋（fāng）得 　南宋末年著名爱国诗人，在编选《千家诗》时，误把《晓出净慈寺送林子方》归入苏轼名下

王象晋 　明代文人，编撰《二如亭群芳谱》时，沿用了《千家诗》的说法

汪灏 　清代官员，在王象晋《二如亭群芳谱》的基础上增删、改编成《广群芳谱》，却没有改正上述谬误

杨万里、林子方私聊

杨万里

晓出净慈寺送林子方（其一）

出得西湖月尚残，荷花荡里柳行间。
红香世界清凉国，行了南山却北山。

 林子方
天还没亮就送我走了那么远路了……😭 没您的栽培，也没有我的今天。真的很舍不得您啊！😭

杨万里
你想好了吗？真的要离开杭州去福州？

08:30 那些刷爆朋友圈的古诗词 99%

杨万里、林子方私聊

林子方
嗯。难得皇上对我破格提拔连升两级，我一定会好好干的。

杨万里

晓出净慈寺送林子方（其二）

毕竟西湖六月中，风光不与四时同。
接天莲叶无穷碧，映日荷花别样红。

林子方
这首更好！但有一个地方，我没看明白。六月也包括在四时内，怎么说是"不与四时同"呢？您是不是有什么深意？

杨万里
特别就特别在是西湖的六月，杭州的六月，国都的六月。这里的六月风光跟其他地方的六月风光，是大不相同的。

林子方
也对。去了福州之后，我一定也会很想念杭州的风景。

杨万里
莲叶要与天相接，才能给人无边无际的震撼感；荷花要与红日映照，才会显得格外艳丽。这里接天映日的荷塘，也是其他地方的小荷塘没法比的。

08:30　那些刷爆朋友圈的古诗词

杨万里、林子方私聊

　林子方

一万个赞成！说得我越来越不舍了……

杨万里　

还去福州吗？

　林子方

去！ 我就带着皇恩去福州，努力把福州建设得不输杭州！

杨万里　

好吧，我的话也只能说到这儿了。你确实要加倍努力！去了福州之后就不像以前在皇上跟前时那么容易被发现了，得做出更多成绩才行。祝福你前程似锦，虽远离皇城，也能深沐皇恩。

　林子方

谨遵教诲！

 敲黑板喽！意象详解

　　咕咕：我曾经跟你说过日（太阳）的意象。在这首诗里，日指代的就是皇帝哦。

　　包仔：杨万里这诗果然有深意，可惜林子方没品出来。

《四时田园杂兴（其二十五）》：夏日田园的妙趣

朋友的新动态 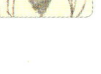 >

 **范成大**
这大型田园组诗进入夏日篇了，此乃第一首。

> **四时田园杂兴（其二十五）**
>
> 梅子金黄杏子肥，麦花雪白菜花稀。
> 日长篱落无人过，惟有蜻蜓蛱蝶飞。

1186年·苏州石湖

♡ 陆游，杨万里，虞允文😛，赵昚，赵惇，元·脱脱🤔

陆游：😅你打算写多少首呀？
范成大回复陆游：我想分成春日、晚春、夏日、秋日和冬日五个篇章，每篇写十二首，怎么样？
杨万里：那不就有六十首了吗？大部头哦。我特别喜欢这种有生活气息的作品。石湖，写得好啊！

范成大回复杨万里：你的"诚斋体"又活泼又谐趣，特别有人情味和烟火气，我打心眼儿里佩服！

赵眘： 石湖，你休息好了，再回来帮朕啊！

范成大回复赵眘： 谢皇上赐臣丹砂及手书东坡学士的诗，但臣这身子骨，实在是难当重任了。

赵惇回复范成大：石湖，父皇和我都有不少事情需要听听你的意见。

范成大回复赵惇： 臣也谢太子殿下所赐的"寿栎堂"三大字，但再回朝的事，容臣再想想。

虞允文 ： 你坚持不肯出山，该不会是被我坑怕了吧？

范成大回复虞允文 ： 当时九死一生都不怕，怎么会现在才来后怕？

元·脱脱 ：成大那次差点被杀，最终不辱使命，真有古大臣的风范啊！

包仔 ：啊？楼上说的是什么事啊？好像很了不起哦。

咕咕 回复包仔 ：他们说的是1170年，范成大出使金国的事，他还被后人称为宋代的"苏武"呢！去看看他们的私聊和群聊记录吧。

搜一搜　搜索

朋友圈　　文章　　公众号　　小程序

圈子

作者：范成大（1126—1193），字至能，一字幼元，早年自号此山居士，晚号石湖居士，平江府吴县（今江苏苏州）人，南宋名臣、文学

家,"南宋四大家"之一,谥号"文穆",后世称其范文穆。

杂兴:有感而发、随事吟咏的诗。　　**篱落**:篱笆。　　**惟**:通"唯"。　　**蛱(jiá)蝶**:一种蝴蝶。

诗意:梅子变得金黄,杏子也越长越大。麦花一片雪白,油菜花却显得稀稀拉拉。白天变长了,大家在田间忙碌,篱笆旁无人经过,只有蜻蜓和蝴蝶款款飞舞。

附近的人

陆游　　南宋文学家、史学家、诗人,与范成大同列"南宋四大家",范成大的好友

杨万里　　南宋文学家、官员,与范成大同列"南宋四大家",范成大的好友,范成大临终前完成自编诗集后,命长子范莘向杨万里求《序》

虞允文　　南宋名臣,唐名臣虞世南之后,与范成大同年进士及第,都是主战派

赵昚　　宋孝宗,重用范成大

赵惇　　宋光宗,多次起用范成大,都被范成大称病拒绝

脱脱　　元末政治家、军事家,主编《辽史》《宋史》《金史》,在《宋史》中列《范成大传》

赵昚、虞允文私聊

赵昚

我越想越不忿!这《隆兴和议》签得太冤了,根本还没想周全!明明你在采石把完颜亮打趴下了,对吧?虽然张浚在符离大败,但我大宋和金国还是一直僵持着,谁也干不赢谁。是因为大家都想休养生息才签这和议的,那我们绝对有筹码多提要求啊。

虞允文

当年太上皇杀了岳将军与金国签的《绍兴和议》是要宋向金称臣的,每年还要给二十五万两岁贡。如今在《隆兴和议》中,已把岁贡改为岁币,给金国文书的说法也从"奉表"改为"国书",挽回不少面子了。

赵昚

但忘了改接受国书的礼仪啊!金国使者送国书来,竟要朕起身迎接,这行的还是君臣之礼,让朕始终矮了一截!而且,朕还应该要回一些土地!

虞允文

哎呀,大意了!容臣想想……

赵昚

每年都要朕低头哈腰一次,叫朕的面子往哪儿搁呀?

08:30　那些刷爆朋友圈的古诗词　 99%

赵昚、虞允文私聊

虞允文
要不这样吧。陛下以孝为名，派使臣带国书到金国，问金国要回先皇陵寝所在的土地。至于改礼仪的事，未免留下实证说是陛下的失误，就不写在国书上，让使臣口头提出。

赵昚
真是妙计，就这么办！

朝堂议事群（500）

赵昚
众卿家对出使金国之事有何建议？

左相陈俊卿
陛下痛念祖宗，思复故疆，这当然很好！但万事都要想得周全一点，再等些时候，等我们有足够实力了，再去做这件事吧。

赵昚
左相的意思是朕实力不够？你打包回家吧。

吏部侍郎陈良祐
陛下，两国邦交无小事。派使臣送国书也要事先说好是为了什么事，什么时候去，以什么程序、礼仪来传送和接收，更改这些都是犯大忌的。虽然陛下以孝为名向金国要地也合情合理，但要使臣临时提出在国书上没写明的事情，还要更改礼仪，这恐怕太冒险了！万一金国觉得我们是在挑衅……臣觉得应该先缓一缓。

朝堂议事群（500）

赵昚
> 朕不要你觉得，朕要朕觉得。畏首畏尾，还不如回家抱孙子算了。

 右相虞允文
> @李焘 我一向看好你，这个任务，非你莫属了。

 李焘
> @赵昚 臣唯恐像那西汉苏武一样，要被扣留到公羊下奶才能回来啊。

赵昚
> 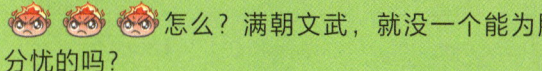 怎么？满朝文武，就没一个能为朕分忧的吗？

 范成大
> 臣去！就算此行无异于与虎谋皮，臣也去！但请给臣一点时间，交代一下后事。

赵昚
> 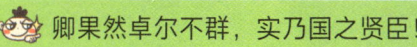 卿果然卓尔不群，实乃国之贤臣！

 **敲黑板喽！意象详解**

篱笆：篱笆是古代田野村居中用作简单隔离的设施，也可用来种植藤蔓类植物，多出现在描写乡野田园的诗词中，象征恬淡、闲适、淳朴的生活，带有归隐的意思。诗人的心情往往是舒坦、平静、安宁的，如"采菊东篱下，悠然见南山""篱落疏疏一径深，树头新绿未成阴"。

范成大出使金国九死一生，他是怎样全身而退的？

《四时田园杂兴（其三十一）》：勤劳是农家的好传统

范成大

😀 每次去乡野浪一浪，马上就有诗材了。

四时田园杂兴
（其三十一）

昼出耘田夜绩麻，
村庄儿女各当家。
童孙未解供耕织，
也傍桑阴学种瓜。

1186年·苏州石湖

♡ 杨万里，陆游，乐备，张孝祥😀，虞允文😀，赵昚，赵惇，叶茵😀

杨万里：石湖，你这悠闲的小日子真叫我羡慕嫉妒恨呀。尤其是你那石湖别墅，简直是山水之胜、东南佳境！🐡

乐备：听说石湖的梅林也是一绝哦。

陆游：要我说，石湖写的《梅谱》更绝！一口气就介绍了十二种名贵品种的梅，让我大开眼界啊！

范成大回复乐备：快来，食宿住行全包。

陆游回复乐备：哇，真好！这可是顶级接待的规格哦。

范成大回复陆游：哈哈哈，放翁，你也有一样的待遇。要是没有乐备资助我考科举，我跟你、张于湖和老虞，怎么能结下同科及第的缘分呢？

张孝祥：石湖，听说你是用了三分之一的地来种梅，你怎么对梅花如此情有独钟呢？

范成大回复张孝祥：于湖，我当年游芗林和盘园的时候，就被那里的几株大梅、古梅迷住了，有一片梅林是我的梦想啊。再说了，梅如君子，令人心生敬意。就像你，当年刚被钦点为状元，转头就上表为岳将军平反，你的气节就如梅花那么高洁，我对你也是敬佩得不行啊！

叶茵：石湖梅林可爱，造石湖梅林的范文穆公可敬！真是"千古湖山人物，万年翰墨文章"。

耘田：除草。　绩麻：把麻搓成线。　童孙：小孩子。　未解：不懂。　供：从事，参加。　傍：靠近。

诗意：白天在田里除草，夜晚搓麻线织布，村里男女各有各的工作。小孩子还不懂耕田织布，但也坐在桑树树荫下学种瓜。

附近的人

乐备　南宋官员、诗人，与范成大同为苏州人，共结诗社，资助范成大参加科举，并一同进士及第

张孝祥　南宋著名词人、书法家，唐代诗人张籍的七世孙，与范成大同科及第，考取状元

叶茵　南宋诗人，作《石湖》咏颂

范成大、陆游私聊

你已添加了陆游，现在可以开始聊天了

绍兴二十四年（1154）

范成大

> 我怎么在榜上看不到你的名字？去年的锁厅考，你是第一名啊。

 陆游

> 哈哈，拜秦桧所赐啊。幸好皇上英明，殿试钦点了张孝祥为第一名，不然真是便宜了秦桧的龟孙子秦埙了。

范成大、陆游私聊

范成大
但可惜了你……

陆游
有什么可惜的？就算我登榜了，有秦桧在，我也不会有什么好日子。避其锋芒，他日再战。

范成大
好！

绍兴三十二年（1162）

范成大
恭喜务观得到平反，被皇上赐进士出身，还做了枢密院的编修官。太赞了！

陆游
我最高兴的是，皇上新登基，一腔热血，斗志满满，北伐有望了！

范成大
对！我等终于可以大展拳脚。

陆游
好！我们摸着杯底聊平戎之策。

范成大
务观，怎么这就被调去镇江府做通判了？

范成大、陆游私聊

陆游
我嘴欠,把皇上的花边新闻告诉了张焘,他那直肠子什么也藏不住,马上就去质问皇上……然后,就没有然后了。

范成大
功名袖中手,世事巧相违。没事的,你的才华,在哪里都掩盖不了。一有机会,我再拉你上来。

乾道六年(1170)

陆游
你真要出使金国?很凶险的哦!

范成大
嗯,我知道,此行九死一生。

陆游
既然九死一生,那就玩大的!

范成大
哦?怎么个玩法?

陆游
你就光明正大地去做探子。名为写游记,把沿路的一花一草、民风民俗都记录下来,还有地形啊、守兵啊……你懂的!万一能回来呢,对吧?

范成大、陆游私聊

> 范成大：好！万一能回来，这将是最有价值的材料！

淳熙二年（1175）

> 范成大：亲，成都归我管了，快来做我的参议官。

 陆游：太好了！我要在你的带领下继续发光发热！

淳熙四年（1177）

> 范成大：好了，务观，你已经陪我走了十几天、上百里路了。今晚休息好，明天就回去吧。

 陆游：你突然被召回临安，实在太意外了！希望我们还有机会再把酒吟诗，共商北伐大计。

绍熙四年（1193）

 陆游：石湖啊，没想到那年一别就是永诀了！

陆游

石湖,我梦见你了。

梦范参政

梦中不知何岁月,长亭惨淡天飞雪。
酒肉如山鼓吹喧,车马结束有行色。
我起持公不得语,但道不料今遽别。
平生故人端有几?长号顿足泪迸血。
生存相别尚如此,何况一旦泉壤隔。
欲怀鸡黍病为重,千里关河阻临穴。
速死从公尚何憾,眼中宁复见此杰?
青灯耿耿山雨寒,援笔诗成心欲裂。

🔍 速死从公尚何憾——陆游与范成大的友谊

《破阵子·为陈同甫赋壮词以寄之》：壮志未酬，华发已生

全网广播：1189年，赵眘退位，传位赵惇（是为宋光宗）。

 **辛弃疾**

同甫，这十天过得真快啊！我卧病在床，你竟不远千里赶来探看，我的病顿时好了大半。和你同游鹅湖，在紫溪等朱晦庵，被他爽约，然后你就走了。我怅然若失，又追了出去，可惜雪深泥滑，我走不远啊……

@ 提醒谁看：陈亮

朱熹：哎呀，对不起两位了，晦庵在此道歉！当时有事，走不开啊。况且，我实在不愿谈论政事，只想在山中隐居读书。

陈亮：稼轩，看我这脑子，相聚十天，竟忘了问你要首词。赶紧赠我一首。

辛弃疾回复陈亮：我早就写好了，私聊发你。你呀，重约轻别，五年前说来看我，结果被人诬告坐牢来不了，没想到你还一直记着这个约定。但是，来了就多留些时日嘛，说走就走，愁死我了！

陈亮回复辛弃疾：那次还不是因为你，我才能脱身。算起来，你已经救了我好几次了。稼轩，相隔一年了，我又想起了去年的"鹅湖之会"。樽酒相逢成二老，却忆去年风雪……天下适安耕且老，看买犁卖剑平家铁。壮士泪，肺肝裂。

辛弃疾回复**陈亮**：你说到我伤心处了！我和你一首。

破阵子·为陈同甫赋壮词以寄之

醉里挑灯看剑，梦回吹角连营。
八百里分麾下炙，五十弦翻塞外声，沙场秋点兵。
马作的卢飞快，弓如霹雳弦惊。
了却君王天下事，赢得生前身后名。可怜白发生！

刘过：别怪我乱入破坏了两位老友叙旧话当年的节奏。同甫说起稼轩几次相救，也让我想起了稼轩帮助我的往事，不胜感慨！稼轩的仗义真是没的说啊！

咕咕：辛弃疾和陈亮之间的友情就像武侠小说里的情节，带你看看他们的私聊。

搜一搜 搜索

朋友圈　　文章　　公众号　　小程序
圈子 >

破阵子：原为唐玄宗时教坊曲名，后用作词牌名。又名"十拍子"等。
挑灯：把灯芯挑亮。　　**八百里**：指牛。《世说新语·汰侈》："王君

夫(恺)有牛,名八百里驳,常莹其蹄角。" **五十弦**:指瑟,此处泛指军中乐器。 **的(dì)卢**:良马名。

词意:带着醉意挑亮油灯观看宝剑,在梦里又回到号角不断的军营中。把烤牛肉分给部下享用,让乐器奏起雄壮的军乐来鼓舞士气。这是秋天在战场上检阅军队的情景。战马像的卢一样跑得飞快,弓箭像惊雷一样震耳离弦。一心想为君王完成收复国家失地的大业,为自己赢得生前死后的美名。可惜事业未成,自己已经白发苍苍!

附近的人

刘过 南宋文学家,辛弃疾的好友,词风与辛弃疾相近,与刘克庄、刘辰翁并称"辛派三刘"

辛弃疾、陈亮私聊

你已添加了陈亮,现在可以开始聊天了

陈亮
东莱先生推了你的名片给我,我终于可以结识心目中的大神了!

辛弃疾
我刚才在楼上见你拔剑斩下马头,把马推倒在地,吓了我一跳。

陈亮
此马无用！只是过条小桥，催了它三次都往后退，还不如我自己徒步过来。

辛弃疾
哈哈哈，难怪大家叫你"狂生"！

辛弃疾帅淮

陈亮
我来找你喝酒。

辛弃疾
来吧，我在治所。

辛弃疾
我一喝酒就说不停，心里放着太多事了！

陈亮
刚才说了那么久，还没说完呀？你平常谨慎少言，可不是话痨啊。

辛弃疾
我跟你说，钱塘根本不适合做帝都。如果被敌军占领牛头山，根本就没有援兵能进来；如果被敌军引西湖水倒灌，城里的人就成鱼鳖了！

陈亮
你跟我说这些……

辛弃疾、陈亮私聊

几天后

辛弃疾：那天你在我治所喝酒议政,怎么不辞而别呀?还把我的马给拐跑了。

 **陈亮**：你还记得那天跟我说什么了吗?

辛弃疾：说什么了?酒后失言很正常,你别往心里去。

 陈亮：你说,钱塘非帝王居,断牛头之山,天下无援兵;决西湖之水,满城皆鱼鳖……

辛弃疾：哇,这话要是被别人听见了,那可就……

 陈亮：所以我赶紧走啊,怕你杀我灭口!

辛弃疾：那你现在又不怕了吗?

 陈亮：我遇到麻烦事,急需十万贯钱。你懂的。

辛弃疾： 100000贯 转账给陈亮

14:30　那些刷爆朋友圈的古诗词　　　　　　　　　　　📶 60%

包仔、咕咕私聊

包仔
> 我不懂哦！陈亮这不是在敲诈辛弃疾吗？为什么辛弃疾好像一点都不生气呢？

咕咕
> 你不懂很正常，但辛弃疾懂啊。表面看来，陈亮是在敲诈，但敲诈这件事要是传了出去，陈亮的名声就坏了。也就是说，陈亮送了个把柄给辛弃疾。

包仔
> 但辛弃疾也有个把柄在陈亮手上啊。

咕咕
> 没错，两个人互相握着对方的把柄，就会互相为对方保密。

包仔
> 哦——陈亮是要辛弃疾放心。

咕咕
> 陈亮曾经三次被陷害入狱，都是辛弃疾托人救的，因为辛弃疾绝对信任陈亮的为人。

包仔
> 我明白了。好朋友之间就应该像他们那样，互信互助。

刘过：我要直播大赞辛兄的仗义

《过松源晨炊漆公店六首（其五）》：谁说下山比上山容易的

杨万里

唉，一样那么难。

> **过松源晨炊漆公店**（其五）
>
> 莫言下岭便无难，赚得行人错喜欢。
> 政入万山围子里，一山放出一山拦。

♡ 赵惇，张浚，陆游

赵惇：老师，劳烦你先代朕总管淮西和江东军马钱粮，缓一段时间就没事了。

杨万里回复赵惇：皇上，我去哪里都是为国效力。恕臣啰唆，请皇上谨记爱护人才，疏远奸佞，一曰勤，二曰俭，三曰断，四曰亲君子，五曰奖直言。

张浚：廷秀要不是为我争取配享高宗庙祀，就不会激怒当今太上皇了。

杨万里回复张浚😊：🤴学生得罪太上皇的地方又岂止一处两处。

赵昚回复杨万里：哼！你知道就好！想我当年那么器重你，你却处处硌硬我，好好反省一下吧！

洪迈：你的话就不该说得那么难听！

杨万里回复洪迈：我就是有一说一。

吕颐浩😊：你还说！那你告诉我，我怎么就不配享庙了？

包仔 🕰：我记得之前宋孝宗对杨万里很好的呀，怎么会变成这样呢？

咕咕 🕰 **回复包仔** 🕰：杨万里一向直言不讳，难免得罪人，后来又因享庙之争彻底倒了宋孝宗的胃口。待会儿带你看他们群聊。

六 搜一搜　搜索

朋友圈　　　文章　　　公众号　　　小程序

圈子 >

松源、漆公店：地名，在今皖南山区。　**赚得**：骗得。　**政**：同"正"。

诗意：不要说下山的路就不难走，骗得来爬山的人空欢喜一场。好比走在群山的包围之中，一座山刚放过你，又有另一座山挡住你的去路。

14:30　那些刷爆朋友圈的古诗词

附近的人

洪迈 　南宋著名文学家、官员，在享庙之争上，与杨万里意见不一

吕颐浩 　南宋初年宰相，洪迈提议吕颐浩等应配享高宗庙祀，而杨万里不同意

群臣议事群1（500）

淳熙十五年（1188）

翰林学士洪迈
@赵昚　建议以吕颐浩等人配享高宗庙祀，名单附后。

翰林学士洪迈
享庙名单.docx
22KB

赵昚
准奏。

杨万里　
@翰林学士洪迈　谁可享庙、谁不可享庙，你都不跟大家商议一下吗？吕颐浩可以享庙，为什么张浚不可享？"苗刘之乱"时，张浚与吕颐浩一同倡议勤王，最终平息内乱，理应同享功勋。

翰林学士洪迈
@杨万里　我知道廷秀敬重张浚，但你也不能因为名单里没有张浚就否决我的提议。

群臣议事群1（500）

杨万里

> 这里有谁不知道吕颐浩当年如何挤对力主抗金的李纲、李光等大臣？洪学士那么独断，无异于指鹿为马！

 赵昚

> @杨万里 你说洪学士"指鹿为马"？言下之意，你当洪学士是赵高，那你当朕是什么样的皇帝？秦二世吗？削直秘阁，出知绢州，给朕反省一下！

淳熙十六年（1189）

 赵惇

> @所有人 赵昚禅位赵惇，杨万里复直秘阁。

绍熙元年（1190）

杨万里

> @赵惇 太上皇日历修成，理应由臣来作序，但如今却由礼部郎官傅伯寿作序，是臣的失职，请皇上罢免我吧！

 赵惇

> @杨万里 卿，别冲动！朕刚登基不久，实在很需要你的辅佐啊！那件事会过去的，卿不是还要把记录太上皇圣政一书呈给太上皇吗？好好表现。

 赵昚

> 不必了！廷秀不是说自己失职吗？

赵惇

这…… 🤴那就外调廷秀为江东转运副使，暂代朕总管淮西和江东军马钱粮吧。

《宿新市徐公店（其二）》：新市的好酒，我又来了

杨万里
好吃的逃不过我的胃，好玩的逃不过我的眼。

> ### 宿新市徐公店（其二）
>
> 篱落疏疏一径深，树头新绿未成阴。
> 儿童急走追黄蝶，飞入菜花无处寻。

1192年 · 新市

♡ **赵惇，范成大，陆游，杨长孺，朱熹，赵扩，韩侂胄**

陆游：文章有定价，议论有至公。我不如诚斋，此评天下同。

韩侂胄：看了那么多"诚斋体"诗，写实的生动有趣，写意的韵味无穷，妙绝啊！若他日能请廷秀为我写一篇文章，那可真是太荣幸了！

朱熹回复韩侂胄：哼哼，廷秀会写……才怪！

清·纪晓岚 🎖：南宋诗集传到现在的，就数杨万里和陆游最多。以诗品论，万里不及陆游那么锻炼工细；以人品论，则万里强多了。

包仔 🎖：为什么纪晓岚说陆游的人品比不上杨万里？连陆游自己都这么说……是不是发生过什么事？

咕咕 🎖 **回复包仔** 🎖：这就要说到杨万里宁死不为韩侂胄写《南园记》这事。私聊再说。

🔍 **搜一搜** 　搜索

朋友圈　　文章　　公众号　　小程序

💬 圈子 >

新市：地名，宋代酿酒中心。　　**徐公店**：姓徐的人家开的酒店。公，古代对男子的尊称。

诗意：在稀稀拉拉的篱笆旁，有一条小路伸向远方，路边树木的新叶才刚刚长出，尚未形成树荫。一个孩子奔跑着追捕一只黄蝴蝶，可蝴蝶飞入菜花丛中，就再也找不着了。

< 　　　　👥 **附近的人**　　　　···

范成大 👤　南宋名臣、文学家，与杨万里同为"南宋四大家"

赵扩 👤　宋宁宗

韩侂（tuō）胄（zhòu） 👤　南宋权相。他独掌大权，排斥异己，发

起"庆元党禁",大力排挤以朱熹为代表的理学人士。曾请求杨万里为其撰写《南园记》

朱熹 👤 南宋著名思想家,他的理学思想对后世影响深远。曾被杨万里举荐

包仔、咕咕私聊

咕咕
杨万里写了这首诗不久后,就没再当官了。

包仔
为什么?被罢免了吗?

咕咕
是他自己不干了。1192年,朝廷要在江南诸郡推行铁钱会子,杨万里进谏劝阻,而且坚决不执行命令,所以就被改任赣州知州。他没去上任,请求让他去管道观算了,但最后还是获授秘阁修撰、提举万寿宫。杨万里就干脆说自己身体不好,辞职回乡了。

包仔
铁钱会子是什么?

咕咕
宋朝最常见的流通货币就是铜钱和铁钱。但这些毕竟是金属,如果要进行大宗交易,拿着一大堆铜铁,太重了!所以官府就发行了用来兑换铜钱或铁钱的纸币。北宋时就有了中国最早的纸币——交子。铁钱会子,就是用来兑换铁钱的纸币。

包仔、咕咕私聊

包仔
纸币好啊,多方便啊。杨万里为什么反对呢?

 咕咕
以前官府发行纸币多是为了敛财。这些纸币可比铜钱、铁钱贬值好几成,老百姓拿着铜钱、铁钱去换纸币,手上的钱就越来越少了!

包仔
杨万里果然是个为民请命的好官!

 咕咕
这件事后,杨万里对朝廷彻底失望,就干脆回乡养老了,自己攒下的钱也全部留在官库里,一文钱都没带走。

包仔
那他宁死不写《南园记》又是什么时候的事?

 咕咕
是他退休几年后的事。

 咕咕

 韩侂胄
廷秀,我这南园是太皇太后赐的,我可是花了血本来整修啊。想来想去,能为我写这《南园记》的才士,除了你,没别人了!

杨万里
我一无官禄,二无财势,就这身份,怎么配得上太皇太后赐的南园呀?你另请高明吧。

包仔、咕咕私聊

 咕咕

 韩侂胄
我如今是当朝宰相，只要你肯写，高官厚禄不在话下。

杨万里
哼，官可弃，记不可作！

 咕咕
韩侂胄在杨万里那儿碰了一鼻子灰，你猜他后来找谁了？

包仔
难道是……陆游？

 咕咕
全中！

包仔
哦——难怪纪晓岚说陆游的人品比不上杨万里。

 咕咕
其实陆游写《南园记》的时候已经归隐了，文章里也没写什么阿谀奉承的话。但是元人修《宋史》的时候却对陆游这件事多有非议，没准儿清人纪晓岚也受了影响。单就这件事来说，倒看不出陆游的人品比杨万里差。

包仔
可是陆游自己也说"我不如诚斋"。

咕咕
你可以理解为,陆游确实非常推崇和敬重杨万里的诗文和为人。

《秋夜将晓出篱门迎凉有感(其二)》：爱国，我是认真的

陆游
北方的遗民，希望你们能等到。但我，可能等不到了……

> **秋夜将晓出篱门迎凉有感**（其二）
>
> 三万里河东入海，五千仞岳上摩天。
> 遗民泪尽胡尘里，南望王师又一年。

1192年·越州山阴（今浙江绍兴）

谏议大夫何澹：总是说恢复恢复，你真是不合时宜。
赵惇：你能不能拣一些朕爱听的来说？
陆游回复赵惇：陛下，要是我有这种功能，就不会一再被弹劾"鼓唱是非""不拘礼法"和"嘲咏风月"了。陛下，我已将我的住处命名为"风月轩"，时刻警醒自己。

赵惇回复陆游：哼，看样子，你是想长休了。

范成大：为什么总说自己等不到呢？

陆游回复范成大：😏 看我同题第一首诗。"壮志病来消欲尽，出门搔首怆平生。"

韩侂胄：放翁一闲就闲了那么多年，可惜了放翁的才华呀。要不，帮我写点东西？

杨万里回复韩侂胄：😏 写你那座了不起的南园？

陆游回复韩侂胄：私聊吧。

三万里、五千仞：虚数，分别形容很长和很高。　　**遗民**：指在金人占领区生活的原宋朝百姓。　　**岳**：指西岳华山。黄河和华山都在金人占领区内。一说指北方泰、恒、嵩、华诸山。

诗意：绵长的黄河向东奔流汇入大海，崇峻的华山高耸入云逼近青天。中原人民在胡人的压迫下流尽眼泪，他们远眺南方，盼望南宋的军队浩荡北伐一年又一年了。

附近的人

何澹	南宋大臣，与陆游政见不同
赵惇	宋光宗，罢免陆游官职
韩侂胄	南宋宰相，曾请求陆游为他撰写《南园记》，陆游应邀

陆游、韩侂胄私聊

庆元五年（1199）

陆游
想我写什么？

 韩侂胄
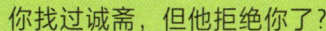 太皇太后把南园赐给了我，我想请你帮我写一篇关于南园的文章。

陆游
你找过诚斋，但他拒绝你了？

 韩侂胄
呵呵，他也不是拒绝我这个人，可能是时间上……

陆游
没关系，我写。

陆游
《南园记》.docx
63KB

陆游、韩侂胄私聊

韩侂胄
哇，这么快！放翁果然是才高八斗啊！

陆游
你是功勋卓绝的魏郡王韩琦的曾孙，衷心希望你能承继先祖的远大志向。我在文章里都写了。

韩侂胄
放心，恢复中原也是我的志向。

嘉泰四年（1204）

韩侂胄
岳将军被追封为鄂王，是我大力促成的。

陆游

开禧二年（1206）

韩侂胄
哈哈，秦桧被削去爵位，谥号也改为"谬丑"了。

陆游

开禧三年（1207）

陆游
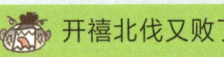 开禧北伐又败了？

陆游、韩侂胄私聊

韩侂胄

虽然吴曦叛变,但我已命人杀了这个叛徒,还一举收复了不少地方。宋军七日到西和,所向无敌啊。可惜我又用错了人!那个安丙,居然不乘胜追击,只顾清除异己,生生逆转了大好形势。朝中那些投降派暗杀了我,还割了我的头献给金国!我死不瞑目啊!

陆游

被"函首畀金"的韩侂胄

《十一月四日风雨大作(其二)》：北定中原，我做梦都惦着

陆游
在梦里爽一爽！

> **十一月四日风雨大作(其二)**
>
> 僵卧孤村不自哀，尚思为国戍轮台。
> 夜阑卧听风吹雨，铁马冰河入梦来。

1192年·越州山阴(今浙江绍兴)

陆游：还惦着北伐的亲，快来留个爪。
范成大："州桥南北是天街，父老年年等驾回。忍泪失声询使者，几时真有六军来？"岂止是你我惦着？
冯时行 ："平生仰闻毅肃公，南征北伐开骏功。"如果战力值爆表的毅肃公刘昌祚还在，何愁北伐不成？
史浩："便好扬舲北伐，举头即见长安。"
项安世："旌旗北伐心徒在，香火西清梦已非。"
辛弃疾："把吴钩看了，栏杆拍遍，无人会，登临意。"

手持宝刀，也只能看看而已，有何用？我再怎么拍栏杆、捶胸膛，也无人懂我为何登高北眺。

陆游回复辛弃疾：稼轩，我懂！

六 搜一搜　　搜索

朋友圈　　文章　　公众号　　小程序

圈子 >

轮台：在今新疆，是古代边防重地。此处代指边关。　　**夜阑**：夜深。
铁马：披着铁甲的战马。

诗意：我直挺挺地躺在孤寂荒凉的乡村里，并没有为自己的处境感到悲哀，心中还想着为国家戍守边疆。夜深了，我躺在床上听着那风吹雨打的声音，迷迷糊糊中，梦见自己骑着身披铁甲的战马，跨过冰封的河流出征北伐。

附近的人

冯时行　宋徽宗宣和六年（1124）恩科状元
史浩　　南宋政治家、词人，封魏国公
项安世　南宋政治家、学者

《观书有感(其一)》:做学问就要常学常新

全网广播:1194年,太上皇赵昚崩,庙号孝宗。赵惇因病不能主持葬礼,赵汝愚、韩侂胄在太皇太后吴氏的支持下,拥立赵惇之子嘉王赵扩(是为宋宁宗)为皇帝,尊赵惇为太上皇,史称"绍熙内禅"。1195年,韩侂胄指使谏官弹劾赵汝愚,赵扩贬赵汝愚至永州。1196年,韩侂胄斥理学为伪学,发动"庆元党禁"。

 朱熹

跟大家分享一下读书心得。

观书有感(其一)

半亩方塘一鉴开,
天光云影共徘徊。
问渠那得清如许?
为有源头活水来。

1196年·南城县上塘蛤蟆窝村

♡ 朱松,郑安道,黄榦,蔡元定,林用中,蔡沈,黄钟,吴伦,吴常

朱松:儿呀,不做官就不做官,就专心做学问。

郑安道:贤侄,我郑义斋馆舍的大门,随时为你开

着。你就把它当作你的教学基地吧。

黄榦：老师，无论如何，我们都会追随您左右！

蔡元定：老师，可惜学生被贬道州，未能相随。

蔡沈回复蔡元定：爹，放心，老师有我照顾。

黄钟：还有我呢！

吴伦：感谢朱晦庵来我们村讲学，还为我们吴氏厅堂书写"荣木轩"，为读书亭书写"书楼"，并为我们两兄弟创办的社仓撰写了《社仓记》！

林用中：老师，不妙，私聊。

< 🔆 **搜一搜** 　搜索

朋友圈　　文章　　公众号　　小程序

💬 圈子 >

方塘：又称"半亩塘"，在福建尤溪郑义斋馆舍（后改为南溪书院）内。　**渠**：它，第三人称代词，这里指方塘之水。　**那得**：那同"哪"，怎么会。　**如许**：如此，这样。

诗意：半亩大的方形池塘像一面镜子一样展现在眼前，天空的光彩和浮云的影子都在其中来回移动。为什么方塘的水会这样清澈呢？是因为有永不枯竭的源头为它源源不断地输送活水啊。

附近的人

朱松 　朱熹的父亲

郑安道 　朱熹父亲的好友

黄榦（gàn） 　南宋教育家、学者，朱熹的学生、女婿

蔡元定 　南宋理学家，程朱理学的主要创建者之一，朱熹的得意门生

林用中 　南宋理学家，与蔡元定齐名，朱熹的得意门生

蔡沈 　南宋学者，蔡元定的次子，朱熹的门生，在"庆元党禁"期间仍追随朱熹

黄钟 　南宋理学家，朱熹的门生，在"庆元党禁"期间仍追随朱熹

吴伦、吴常 　南宋学者，朱熹被吴氏兄弟邀请到南城县上塘蛤蟆窝村讲学，并在此村写下《观书有感》

朱熹、林用中私聊

 林用中

老师，如今朝中那些人仿效北宋"元祐党籍"的做法，列了伪逆党籍，名单越来越长，已经有五十九人了，您在黑名单的第五位，还说您是"伪学党魁"，甚至有人要斩您以绝伪学。

朱熹

我一众门生都跟着遭了殃，这才是我最痛心的！

 林用中

老师，避一避吧。我安排人接您到古田来，先在蓝田书院讲学。可能要做好到处游走的准备了。

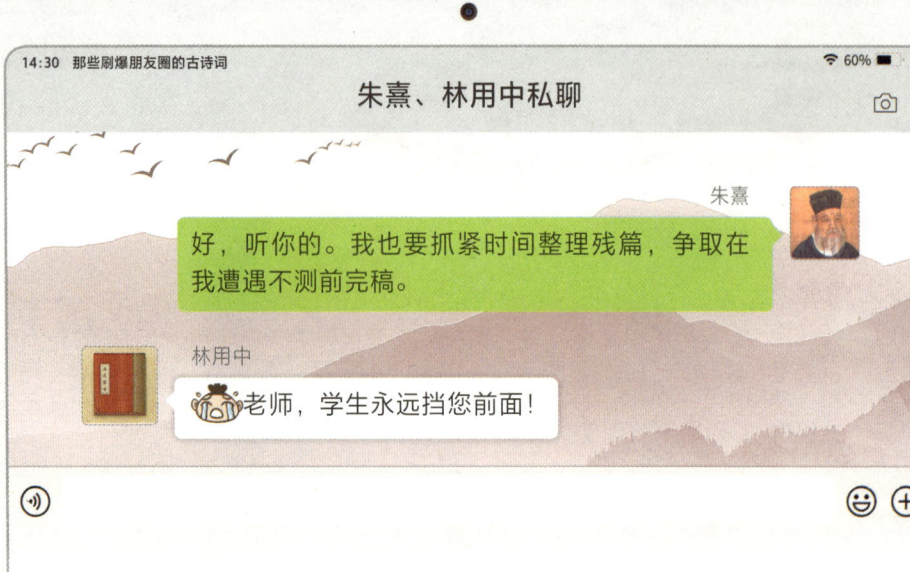

在南宋被斥为"伪学"的理学,却在元代中叶成为科举取士的准则

《观书有感（其二）》：茅塞顿开，灵感勃发

朱熹
趁这时间读书讲学、整理书稿，感悟汹涌澎湃。

观书有感（其二）

昨夜江边春水生，
蒙冲巨舰一毛轻。
向来枉费推移力，
此日中流自在行。

1196年 · 南城县上塘蛤蟆窝村

韩侂胄：哈，还读书讲学、整理书稿。《大学》《中庸》《论语》《孟子》，这四书已经禁了，你的《四书章句集注》也不例外。你读的、教的、写的，全禁！

朱熹回复韩侂胄：知在我人，理存天地，也就书，能禁一禁。

沈继祖：你还说！假仁假义的伪学魁首，我已向皇上奏劾你"十大罪状"！

张栻😊：我才作古多久啊，这学术环境怎会变成这样？理学怎么变"伪学"了？

彭龟年：哼，哪是只打压理学！心学、永嘉学派的都一样！只看有没有冲撞了那个得罪不起的人！

🔍 **搜一搜** 　搜索

朋友圈　　文章　　公众号　　小程序

💬 圈子 >

蒙冲：原为古代战舰名，这里泛指大船。　**推移力**：浅水时行船困难，需用人力推行。

诗意：昨夜江里涨起了阵阵春潮，巨大的舰船轻盈得如同一片羽毛。大船向来要枉费很多人力才能将它推移，但今天却能在江水中央自在航行。

👥 **附近的人**

彭龟年 👤 　南宋大臣、学者，朱熹的同僚，曾与朱熹一起奏劾韩侂胄

张栻（shì）👤 　南宋著名学者、教育家，与朱熹、吕祖谦齐名，并称"东南三贤"

沈继祖 👤 　南宋官员，时任监察御史，奏劾朱熹"十大罪状"

🔍 朱熹被罗列哪"十大罪状"？为什么他被攻击为"伪君子"？

《南乡子·登京口北固亭有怀》：长江滚滚流，独缺孙仲谋

全网广播：1200年，太上皇赵惇崩，庙号光宗。1204年，赵扩追封岳飞为鄂王。

辛弃疾
哪怕已发疏齿落，我也自当竭力！

> **南乡子·登京口北固亭有怀**
>
> 何处望神州？满眼风光北固楼。
> 千古兴亡多少事？悠悠。不尽长江滚滚流。
> 年少万兜鍪，坐断东南战未休。
> 天下英雄谁敌手？曹刘。生子当如孙仲谋。

京口北固亭（今镇江北固山）

♡ **陆游，韩侂胄，陈亮**

陆游：爱君忧国孤臣泪，临水登山节士心。稼轩，没想到在我快八十岁的时候，终于能与你在绍兴见面了。

辛弃疾回复陆游：揖拜前辈！能遇到前辈，是我到绍兴府上任的最大惊喜啊！

陈亮：稼轩，我们心心念念的北伐，皇上终于肯拍板了！

辛弃疾：嗯，但愿时机也到了。

韩侂胄：稼轩多虑了。我大力促成追封岳将军为鄂王，追削秦桧的爵位，再请皇上振臂一呼，大宋的舆论都会向着你。

赵扩：稼轩，哪怕你什么都不干，只要站在那儿，士兵就有士气。

六 搜一搜　　搜索

朋友圈　　文章　　公众号　　小程序

圈子

南乡子：原为唐教坊曲名，后用作词牌名。　**京口**：江苏镇江市。　**北固亭**：在今镇江北固山上，下临长江，三面环水。**神州**：此处指沦陷的中原地区。　**悠悠**：形容漫长、久远。**万兜鍪**（dōumóu）：千军万马。兜鍪，原指古代作战时兵士所戴的头盔，这里代指士兵。　**坐断**：坐镇，占据。　**东南**：指在三国时地处东南的吴国。　**曹刘**：曹操与刘备。　**仲谋**：孙权的字。

词意：从哪里可以眺望故土中原？眼前只见北固楼一带的壮丽江山。从古至今，有多少国家兴衰更迭？太久远了，说不清，只有浩渺的长江水仍然奔流不息。遥想当年，孙权年纪轻轻就统率着千军万马，占据东南，坚持抗战。天下英雄还有谁配做他的对手呢？唯有曹操和刘备了。难怪曹操说，生儿子就应当生个像孙权这样的。

陆游 南宋诗人,"南宋四大家"之一,与辛弃疾在晚年成为忘年至交

北伐群(500)

辛弃疾〔南宋〕

对于北伐,我担忧的是这些:

永遇乐·京口北固亭怀古

千古江山,英雄无觅孙仲谋处。
舞榭歌台,风流总被雨打风吹去。
斜阳草树,寻常巷陌,人道寄奴曾住。
想当年,金戈铁马,气吞万里如虎。
元嘉草草,封狼居胥,赢得仓皇北顾。
四十三年,望中犹记,烽火扬州路。
可堪回首,佛狸祠下,一片神鸦社鼓。
凭谁问:廉颇老矣,尚能饭否?

孙权〔三国吴〕

我懂稼轩的忧虑。北伐要看敌方的实力,还要看人心的向背,谈何容易?别说长途跋涉地去北伐难,单单是抵御南侵的部队就已经够难了!想当年我就在京口建"京城",打垮曹操南侵的军队,场场都是硬仗啊!

刘裕〔南朝宋〕

孙仲谋说得太对了!只有真正上过战场的,才知

道战争的凶险,每一步都必须深思熟虑、计划周详!我以京口为基地,削平内乱,取代东晋,两度挥戈北伐,先后灭了南燕、后秦,收复洛阳、长安,但也还是没能克复中原。

 刘裕〔南朝宋〕

@刘义隆〔南朝宋〕 儿子,你看看你,三次北伐,三次失败,尤其是元嘉二十七年的那次,输得最难看!稼轩的词写得太贴切了。你草率出兵,还妄想像霍去病大将军那样建立封狼居胥的万世功勋,人家拓跋焘的北魏军打到扬州,你就吓得登山北望,把我的面子都丢尽了!

 刘义隆〔南朝宋〕

父王,我只是被彭城太守王玄谟的北伐大计给骗了而已。我至少是一心北伐,不像南宋的皇帝,个个都是胆小鬼。

辛弃疾〔南宋〕

四十年前,我和耿京等几位大哥一起在扬州以北抗金,一下就召集了二十几万人,我岳父直接打开城门迎接宋兵,我大宋收复中原的群众基础多好啊!如果当年能一举北上,没准就成了……

 拓跋焘〔北魏〕

有这可能。我当年带领北魏军队一路南下,在长江北岸瓜步山建立行宫,才过了多少年,汉人的百姓就把我这行宫变成了供奉神祇的地方,还用我的小名佛狸来命名,把我这外族人当神来祭拜,人的忘性也太大了。

北伐群（500）

完颜亮〔金〕

@拓跋焘　四十三年前，我带兵打到扬州，也曾经驻扎在佛狸祠，严督金兵抢渡长江。当年中原的百姓，还有那么些人反抗，但是现在，呵呵，反抗的还有几个？

辛弃疾〔南宋〕

我就是担心，如果再不北伐，恐怕连那几个反抗的都没有了。但如果不做好准备，贸然北伐，恐怕胜算也不大。我们大宋，能倚重的将帅有几个呢？死的死，老的老，我这一等，就等到六十多岁了。

廉颇〔赵〕

@辛弃疾〔南宋〕　起码你的皇帝还是起用你了。我呢？我特意吃了一斗饭、十斤肉，还披甲上马，就是想告诉赵王，我廉颇老当益壮。但我的仇人郭开买通了那个赵王派来的使者，让赵王以为我已经老了，再也不用我了！

辛弃疾〔南宋〕

@廉颇〔赵〕　廉老将军，其实我跟您的情况差不了多少。皇帝如今用我，也只是把我当成摆设而已，估计很快就会把我踢走了。所以我要抓紧时间，尽量为北伐多做一些准备。

陆游〔南宋〕

稼轩，敬佩！我陆放翁代表所有穷尽一生有志于北伐的同道中人，感谢您为北定中原所作出的努力和贡献！

辛弃疾临终前说的最后两个字

《示儿》：死了也要继续等

全网广播：1206年，韩侂胄发动"开禧北伐"，小胜后败，金大举伐宋；成吉思汗建立蒙古汗国。1207年，史弥远杀韩侂胄向金求和。1208年，宋、金签订"嘉定和议"。

陆游

儿呀，你给我记住了！

> **示 儿**
>
> 死去元知万事空，但悲不见九州同。
> 王师北定中原日，家祭无忘告乃翁。

1210年 · 越州山阴（今浙江绍兴）

♡ 陆子虞，陆子龙，陆子修，陆子坦，陆子布，陆子聿，刘克庄，陆元廷😭，林景熙😭，陆传义😭，陆天骐😭

陆子虞：我代表我们兄弟几人，谨记父亲的嘱咐！

刘克庄：😭不及生前见虏亡，放翁易箦愤堂堂。

林景熙😭：😭青山一发愁蒙蒙，干戈况满天南东。来孙却见九州同，家祭如何告乃翁？

陆元廷 🤔：😭😭😭 祖父，我……我说不出口啊。

陆游 😶：：🍲 到底怎么了！

< 六 搜一搜　搜索

朋友圈　　文章　　公众号　　小程序

💬 圈子 >

元知：原本知道。元，通"原"，本来。　**九州**：指代中国。　**王师**：指南宋朝廷的军队。　**中原**：指淮河以北被金人占领的地方。
家祭：祭祀家中先人。

诗意：我知道，人死后就什么都没有了，唯一使我痛心的是，我没能亲眼看到祖国的统一。等到朝廷军队收复中原失地的那一天，你们举行家祭时，别忘了把这好消息告诉你们的父亲啊！

< 　　　　👥 附近的人　　　　···

陆子虞、陆子龙、陆子修、陆子坦、陆子布、陆子聿 👤 陆游的儿子

陆元廷 👤 陆游的孙子

陆传义 👤 陆游的曾孙

陆天骐 👤 陆游的玄孙

刘克庄 南宋文学家,作《端嘉杂诗二十首其一》,感慨陆游的爱国之情

林景熙 南宋末年文学家,写《书陆放翁诗卷后》,感慨陆游所写的《示儿》

陆氏家族群(55)

陆游
发生什么事了?快说!别吞吞吐吐!

陆元廷
 祖父,我们也等不到"王师北定中原日"。

陆游
 为什么?

陆元廷

虽然宋蒙联军一起灭了金,但是在崖山海战中,元军大败宋军,丞相陆秀夫背着八岁的幼帝跳海殉国,大宋亡了!我为了抗敌四处奔走,本已积劳成疾,听到这消息后郁愤难平,身体就不行了……

陆传义
@陆游 曾祖父,我没有对不起陆家的列祖列宗,绝食殉国了。

14:30　那些刷爆朋友圈的古诗词

陆氏家族群（55）

陆天骐

我和一众将士不肯投降，学丞相陆秀夫那样投海殉国了。我们陆氏族人，以身殉国的有十几人，宋军殉国的数以十万计。我们是丢了国，但气节没丢！

陆游

大宋，我的国家啊！

🔊　　　　　　　　　　　　　　　😊 ⊕

＜　🏠　　　　 音频　　　　　　…　◉

🔍　背幼主殉国的陆秀夫与陆游之间的关系是历史上的一大悬案

《乡村四月》：又到初夏农忙时

翁卷

朋友的新动态

 翁卷
农家四月，真忙啊！

乡村四月

绿遍山原白满川，
子规声里雨如烟。
乡村四月闲人少，
才了蚕桑又插田。

♡ 赵师秀，徐照，徐玑，戴复古，刘克庄

赵师秀：约上徐照、徐玑，我们出道。江西诗派生硬晦涩，我们要创造新潮流。我号灵秀。

徐照：我字灵晖。

徐玑：我字灵渊。

翁卷：😁那我字灵舒吧。

刘克庄：贾岛、姚合的水平。

翁卷回复刘克庄：能有这样的水平，已经是我们所愿了。

戴复古：天台山与雁荡邻，只隔中间一片云。一片云边不相识，三千里外却逢君。

🔍 搜一搜　　搜索

朋友圈　　文章　　公众号　　小程序

💬 圈子 >

作者：翁卷，生卒不详，字续古，一字灵舒，永嘉（今浙江温州）人。南宋诗人，为"永嘉四灵"之一。

山原：山陵和原野。　　**子规**：杜鹃鸟。　　**蚕桑**：种桑养蚕。

诗意：山野间草木茂盛，稻田里水色与天光互相辉映，烟雨蒙蒙中听见杜鹃声声啼叫。乡村的四月正是最忙的时候，刚刚忙完种桑养蚕的事，又要开始忙插秧了。

👥 附近的人

赵师秀、徐照、徐玑 👤　与翁卷并称"永嘉四灵"，四人的诗歌风格、生平际遇都有相似之处，开创了江湖诗派风格

刘克庄 👤　南宋豪放派词人，亦是江湖诗派诗人

戴复古 👤　南宋著名江湖诗派诗人，极仰慕翁卷

鸟儿群（14）

> 包仔
> 咕咕啊，我发现这首诗有你的朋友啊。

 咕咕
啊，我的朋友？谁？在哪里？

> 包仔
> 你看，那只子规，不是你的朋友吗？你们都是鸟啊。

 咕咕
 它啊……在这首诗里，它算是比较快活的了，但是和我比起来，差得远了。

 杜鹃
 你凭什么说我比你差！谁说的？你看这首《乡村四月》，我就很快乐啊。

 咕咕
 非得和我争。你看诗仙李白那首《蜀道难》里的"又闻子规啼夜月，愁空山"，你半夜对月啼叫，够惨了吧。

 杜鹃
我这是睡不着觉！

 咕咕
好。诗魔白居易《琵琶行》里的"其间旦暮闻何物？杜鹃啼血猿哀鸣"，你都叫出血来了。

杜鹃
才一个人这么写,不算数。

咕咕
再看诗圣杜甫的《杜鹃》。"杜鹃暮春至,哀哀叫其间。我见常再拜,重是古帝魂。"哀哀,知道什么意思吧?

杜鹃
哼,不知道!

咕咕
小李李商隐《锦瑟》里的"庄生晓梦迷蝴蝶,望帝春心托杜鹃",你寄托着望帝的幽怨。

杜鹃
胡说八道!

咕咕
文天祥《金陵驿》里的"从今别却江南路,化作啼鹃带血归"。

杜鹃

咕咕
曹雪芹《葬花吟》里的"杜鹃无语正黄昏,荷锄归去掩重门"。服了吗?

杜鹃
哼!

鸟儿群(13)

杜鹃退出了群聊

包仔
呃,咕咕,我觉得你有那么一点点过分了。

 咕咕
其实我是想告诉你,像这首诗里,把杜鹃的叫声描写得这么平和恬静的并不多见,杜鹃这个意象更多的是抒发悲苦愁绝的感情,包括国仇家恨、深闺哀怨、羁旅离愁等等。

包仔
为什么杜鹃的形象这么悲凉呢?

 咕咕
在古代神话中,蜀王杜宇,也就是望帝,被迫让位给他的臣子后在山林隐居,死后灵魂化为杜鹃。每当桃花盛开的时候,就一声声地叫喊着"不如归去,不如归去"。蜀国人民一听到这个声音,就知道他们的国君又在思念自己的故国了。你说,杜鹃作为望帝的化身,能不惨吗?

《游园不值》：春色是关不住的

叶绍翁

朋友的新动态

 叶绍翁
这红杏啊，真是春意的象征。

> **游园不值**
>
> 应怜屐齿印苍苔，小扣柴扉久不开。
> 春色满园关不住，一枝红杏出墙来。

♡ 葛天民，谢行之，真德秀，赵眉翁，陈宗之，叶适

葛天民：怎么了，没玩成吗？
叶绍翁回复葛天民：是啊，吃了闭门羹。
真德秀：闭门羹吃得好，吃出一首好诗！只是我觉得似乎另有所指。
叶绍翁回复真德秀：😀这个，自己领会吧。

作者：叶绍翁（1194—？），字嗣宗，号靖逸，南宋中期诗人。

不值：没得到机会。值，遇到。　　**怜**：怜惜。　　**屐**(jī)**齿**：屐指木鞋，鞋底前后都有高跟，叫屐齿。　　**小扣**：轻轻地敲。　　**柴扉**：用木柴编成的门。

诗意：也许园主担心我的木屐踩坏他爱惜的青苔，所以我轻敲柴门，却久久无人来开。但这满园的春色是无论如何都关不住的，抬头就看见一枝红杏伸出墙头来。

附近的人

葛天民　南宋诗人，叶绍翁的朋友，两人相互唱酬

真德秀　南宋后期理学家、大臣，叶绍翁的朋友

赵眉翁、陈宗之、谢行之　叶绍翁的朋友，互有诗句酬赠

叶适　叶绍翁的老师，永嘉学派集大成者

杏花与春光群（88）

叶绍翁

> 听说其他人都拉了群，什么梅花群、菊花群、兰花群。我们也别示弱，来，我为杏花代言。

 **陆游**

> 呃，我本来不想说，但是既然你说要为杏花代言，那我就不能不说了。我有一首小诗，里面有"杨柳不遮春色断，一枝红杏出墙头"之句，请问你是借用呢，还是抄用呢？

 杨万里

> 放翁少安毋躁。春光美好，杏花怒放，想来该是触景生情，所以偶有所合而已。正所谓"道白非真白，言红不若红。请君红白外，别眼看天工"，不如我们一起赏杏花吧。

 陈与义

> 你们写杏花无非几个套路，怎比我"客子光阴诗卷里，杏花消息雨声中"那么别具一格？如果真要找一个代言人，我当仁不让。

 陆游

> 慢着，要说别具一格，那就得算我的"小楼一夜听春雨，深巷明朝卖杏花"了，谁有我写得清新脱俗？

 志南和尚

> 阿弥陀佛，论清新脱俗，贫僧的"沾衣欲湿杏花雨，吹面不寒杨柳风"不作第二人想。

杏花与春光群（88）

王安石
杏花诗，我也有。你们来来去去都是春色春意，且看我的"一陂春水绕花身，花影妖娆各占春。纵被春风吹作雪，绝胜南陌碾成尘"。杏花高洁品格，可见一斑，当然，我也一样。

宋祁
哈哈，听说你们在选杏花的代言人？

叶绍翁
唉，不敢和你争。

陆游
如果是你，我服！

王安石
哼。

包仔、咕咕私聊

包仔
咕咕，为什么这群诗人原本还各不相让，但是这个宋祁一出来，就人人说服气呢？

咕咕
哈哈，这个宋祁是著名的文学家、史学家、词人，他还有一个很好听的外号，你知道吗？

14:30　那些刷爆朋友圈的古诗词

包仔、咕咕私聊

包仔

还问,当然不知道啊。

 咕咕

他曾经当过工部尚书,不过,外人都喜欢叫他"红杏尚书"。

包仔

啊,为什么呢?

 咕咕

因为他的《玉楼春》里有一句"红杏枝头春意闹",大家都认为写得非常好,所以就称呼他为"红杏尚书"。你说,他来代言诗中的杏花,其他人又怎么会不服气呢?

包仔

原来如此!

 **敲黑板喽!意象详解**

杏花:杏花在春天盛放,象征着浓浓的春意,如"屋上春鸠鸣,村边杏花白"。

反用,则是表示惜春之情,感叹韶光易逝,如"燕子不归春已晚,一汀烟雨杏花寒"。

以杏花比喻高洁的品格,如王安石《北陂杏花》里的"纵被春风吹作雪,绝胜南陌碾成尘"。

《夜书所见》：天涯孤客，不睡是常态

朋友的新动态

叶绍翁

这灯火照的不是蟋蟀，是寂寞。

夜书所见

萧萧梧叶送寒声，
江上秋风动客情。
知有儿童挑促织，
夜深篱落一灯明。

♡ 葛天民，谢行之，真德秀，赵眉翁，陈宗之，叶适

葛天民：睡不着就看书吟诗吧。

叶绍翁回复葛天民：哈哈，在你面前哪敢献丑。

客情：旅客思乡之情。　　**促织**：俗称蟋蟀，有的地方又叫蛐蛐。　　**篱落**：篱笆。

诗意：萧瑟的秋风吹动梧叶沙沙作响，送来阵阵寒意，出门在外的游子不禁思念起自己的家乡。忽然看见远处篱笆下的灯火，料想是孩子们正打着灯笼捉蟋蟀呢。

蟋蟀的悄悄话群（57）

蟋蟀

大家好，我是蟋蟀。谢谢各位的厚爱，让我这一只小昆虫可以常常在诗歌里和大家见面。

包仔

蟋蟀蟋蟀，那你究竟代表什么意象啊？

蟋蟀

不如让各位大神来告诉你吧。@所有人

咕咕

"七月在野，八月在宇，九月在户，十月蟋蟀入我床下。"蟋蟀自古以来就是秋天的象征哦。

包仔

喂喂喂，咕咕，你算是哪路大神啊？

蟋蟀的悄悄话群（57）

咕咕

哎呀，《诗经》国风部分收集的诗，都是当时的劳动人民在生活中创作的，我上哪儿找当时的大神啊？唯有我亲自来了。你看，大神在后面呢。

徐干〔东汉〕

"凉风动秋草，蟋蟀鸣相随。"一看到蟋蟀，听到蟋蟀叫，不由得感觉秋意扑面而来。

包仔

呃，这位是？

咕咕

@包仔　人家是"建安七子"之一，是大神级别的。

包仔

 嘻嘻，失敬失敬。

宋玉〔战国〕

蟋蟀昼伏夜出，为夜虫代表。"独申旦而不寐兮，哀蟋蟀之宵征。"闻之，心生悲苦。

杜甫〔唐〕

"促织甚微细，哀音何动人。草根吟不稳，床下夜相亲。"唉，尤其是只身在外的羁旅游子，听见蟋蟀叫，就更加思乡了。

贾岛〔唐〕

同感同感。"促织声尖尖似针，更深刺着旅人心。"

蟋蟀的悄悄话群（57）

白居易〔唐〕
其实，即使不是羁旅人，听见蟋蟀的声音，也会心生愁绪。"暗虫唧唧夜绵绵，况是秋阴欲雨天。犹恐愁人暂得睡，声声移近卧床前。"

王安石〔宋〕
你们啊，为何一听见蟋蟀的声音就伤春悲秋呢？促织促织，促人纺织，就好比那些无耻官僚压榨织工，我看不惯。正所谓"只向贫家促机杼，几家能有一绚丝"。

杨万里〔宋〕
@王安石〔宋〕 所言极是。"一声能遣一人愁，终夕声声晓未休。不解缲丝替人织，强来出口促衣裘。"

包仔
这意象相差好大哦。蟋蟀是秋的象征，怎么一下子就有了催人纺织的意思呢？

咕咕
古代的妇人一听到蟋蟀的叫声，就知道秋天到了，离冬天不远了。所以，她们要抓紧时间纺织，给自己当兵的亲人做寒衣。要知道，冬天没有寒衣穿，是会冷死人的。所以蟋蟀又叫"促织"，意思就是"促人纺织"。

 敲黑板喽！意象详解

梧桐：梧桐在秋天落叶很早，因此梧桐叶落，是秋天的象征；而秋雨打梧桐，则成为文人笔下孤独、忧愁的意象，如"寂寞梧桐，深院锁清秋"；也可引申为离情别绪，如"梧桐树，三更雨，不道离情正苦"。

古代传说梧是雄树，桐是雌树，梧桐同长同老、同生同死，且梧桐根深蒂固，枝繁叶茂，寓意忠贞的爱情，如"梧桐相待老，鸳鸯会双死"。

梧桐高大挺拔，树干光洁，象征高洁、正直等高尚情操与君子风度。也正因为梧桐在文人心目中代表着高贵的品格，所以也被用来比喻良朋知己。

因古人喜爱在庭院中央或者水井旁栽种梧桐，所以梧桐对于游子来说也是家园、故乡的象征，如"异方初艳菊，故里亦高桐"。

《雪梅(其一)》:雪与梅,谁也不服谁

朋友的新动态

 **卢钺**
你们说,梅和雪,谁能占尽早春风光呢?

雪梅(其一)

梅雪争春未肯降,
骚人阁笔费评章。
梅须逊雪三分白,
雪却输梅一段香。

♡ 刘过

刘过:说得好,不过,不知道其他人怎么看。
卢钺回复刘过:我拉个群看看。

| 朋友圈 | 文章 | 公众号 | 小程序 |

圈子 >

作者：卢钺，生卒不详，字威节，一作威仲，南宋诗人。
降（xiáng）：服输。　　**骚人**：诗人，因诗人屈原代表作《离骚》而借称。　　**阁**：同"搁"，放下。

诗意：梅花和雪花都认为各自占尽了春色，谁也不肯服输。文人骚客难以评论高下，只得放下笔来好好思考。梅花比雪花逊色了三分晶莹洁白，雪花却输给了梅花一缕清香。

附近的人

刘过　南宋文学家，卢钺的朋友

梅雪PK群（56）

卢钺

各位大咖，我建这个群，是想看看大家觉得雪花出色一点呢，还是梅花胜出一筹。

岑参

在下愚见，雪多姿多彩，可化各样花。你有读过我的"忽如一夜春风来，千树万树梨花开"吗？写的就是雪的洁白犹如梨花。

梅雪PK群（56）

王安石

但是正如群主所言，论香则是梅花出色，雪花哪有梅花那股清香呢？

梅　花

墙角数枝梅，凌寒独自开。
遥知不是雪，为有暗香来。

陆凯

同意，尤其是对于春色而言，梅花更有代表性。

赠范晔

折梅逢驿使，寄与陇头人。
江南无所有，聊赠一枝春。

韩愈

错错错，春天写梅花，多了去了，个个都写，不是香就是春色，多没有新意，但是春雪则不同了。

春　雪

新年都未有芳华，二月初惊见草芽。
白雪却嫌春色晚，故穿庭树作飞花。

陆游

哎呀，说起雪，都是欺压梅花，哪里有你说得这么美好？

梅雪PK群（56）

陆游

落 梅

雪虐风号愈凛然，花中气节最高坚。
过时自会飘零去，耻向东君更乞怜。

韦应物

也不然，你看我诗中的春雪，不也情意绵绵吗？

咏春雪

裴回轻雪意，似惜艳阳时。
不悟风花冷，翻令梅柳迟。

陆游

谁说的？梅花被风雪摧残，依然保有一股清香！

卜算子·咏梅

驿外断桥边，寂寞开无主。
已是黄昏独自愁，更著风和雨。
无意苦争春，一任群芳妒。
零落成泥碾作尘，只有香如故。

包仔

陆伯伯，毛主席写过一首同名词，说梅花凌寒而放，冰雪可为衬托。

卜算子·咏梅

风雨送春归，飞雪迎春到。
已是悬崖百丈冰，犹有花枝俏。

> 俏也不争春,只把春来报。
> 待到山花烂漫时,她在丛中笑。

卢钺

想不到各位大咖斗得如此精彩。在下不才,总结一下。

雪梅(其二)

有梅无雪不精神,有雪无梅俗了人。
日暮诗成天又雪,与梅并作十分春。

《村晚》：乡村晚景饶有情趣

雷震

 **雷震**

如此有意境的一幕，怎能独享呢？大家都来晒晒心中难忘的乡情乡景吧。

村　晚

草满池塘水满陂，山衔落日浸寒漪。
牧童归去横牛背，短笛无腔信口吹。

♡ 谢灵运，孟浩然，范成大，浮休居士，杨万里，辛弃疾，翁卷

谢灵运：与我的"池塘生春草"有异曲同工之妙哦。

孟浩然："故人具鸡黍，邀我至田家。"我最难忘乡村中的人情味。想读我这诗的小朋友，请翻到《那些刷爆朋友圈的古诗词1》第58页。

范成大："日长篱落无人过，惟有蜻蜓蛱蝶飞。"我

喜爱乡人的勤劳、农忙的热闹。我这首在本书第101页哦。

杨万里：“儿童急走追黄蝶，飞入菜花无处寻。”我的乡景诗以极富童趣而闻名。请在本书第129页中细品吧。

辛弃疾 回复 **杨万里**：我的"大儿锄豆溪东，中儿正织鸡笼。最喜小儿亡赖，溪头卧剥莲蓬"也不输你那首的童趣。再打个广告，记得在本书第84页打卡哦。

翁卷 回复 **范成大**：我们是同好，农忙时最见生机。我的"乡村四月闲人少，才了蚕桑又插田"在本书第161页，集赞集赞。

浮休居士：楼上整齐的队形真是让人糟心。我的"夕阳牛背无人卧，带得寒鸦两两归"也很有意境啊。难道就因为牛背上少了牧童的天真，多了寒鸦的萧瑟，就不能入选后世的教材了吗？不开心……

六 搜一搜　　搜索

朋友圈　　文章　　公众号　　小程序

圈子 >

作者：雷震，生卒不详，南宋诗人。一说宋宁宗嘉定年间（1208—1224）进士，一说宋度宗咸淳元年（1265）进士。

陂（bēi）：池岸。　　**寒漪**（yī）：带有凉意的水纹。　　**腔**：曲调。
信口：随口。

诗意： 水草长满了池塘，池水漫上了塘岸，山像含着落日似的浸泡在清凉的池水中。牧童回村，横坐在牛背上，手拿着短笛，悠闲地随口乱吹，谁也听不出是什么曲调。

附近的人

谢灵运 👤　南北朝时期诗人、佛学家、旅行家，山水诗派鼻祖，世称"大谢"

浮休居士 👤　张舜民，字芸叟，北宋文学家、画家

《过零丁洋》：收好了，这就是你们要的劝降书

全网广播：1276年：临安沦陷，赵㬎（xiǎn）降，元朝接收临安，宋朝皇室被俘北上。陆秀夫等奉益王赵昰（shì）即位于福州（是为宋端宗）。1277年，文天祥至江西组织抗元，赵昰逃亡于福建广东沿海。1278年，年仅九岁的赵昰病亡，七岁的卫王赵昺（bǐng）被拥立为帝（是为宋衰帝）；文天祥兵败被俘。

 **文天祥**
先以诗明志，而后身遂行。

> **过零丁洋**
>
> 辛苦遭逢起一经，干戈寥落四周星。
> 山河破碎风飘絮，身世浮沉雨打萍。
> 惶恐滩头说惶恐，零丁洋里叹零丁。
> 人生自古谁无死？留取丹心照汗青。

♡ 陆秀夫，张世杰，张弘范，赵㬎

张弘范：我要收藏最后这两句。

文天祥回复张弘范：你非要加我的，现在知道我的用意了？拉黑了。

张世杰：共勉之。

文天祥回复张世杰：居然要我招降你，哼哼，我用这诗回答他。

搜一搜　搜索

朋友圈　文章　公众号　小程序

圈子 >

作者：文天祥（1236—1283），字宋瑞，道号浮休道人、文山。南宋末年政治家、文学家，与陆秀夫、张世杰并称为"宋末三杰"。

零丁洋：伶仃洋，在今广东珠江口外。　**起一经**：因为精通一种经书，通过科举考试而被朝廷起用做官。　**干戈**：干和戈是两种兵器，此处指战争。　**絮**：柳絮。　**萍**：浮萍。　**惶恐滩**：在今江西万安，是赣江中的险滩。文天祥曾在此惨败。　**汗青**：古人在竹简上写字，要先用火烤干其中的水分，烘烤时竹片中水珠冒出，如出汗一般，被叫作"汗青"。此处指史册。

诗意：我早年由科举入仕历尽千辛万苦，如今战火消止已度过了四个年头。国家危在旦夕，如狂风中的柳絮；个人遭遇坎坷，更如骤雨里的浮萍。惶恐滩的惨败让我至今依然惶恐，零丁洋中被擒可叹从此孤苦伶仃。自古以来没有谁能够长生不死，保留一片赤胆忠心便可青史留名。

陆秀夫 　南宋大臣，与文天祥同榜进士及第，并同列"宋末三杰"，抱幼主壮烈跳海，以死殉国

张世杰 　南宋大臣，与文天祥同列"宋末三杰"

张弘范 　元初大将，忽必烈灭宋之战的主要指挥者，俘虏文天祥后力劝文天祥降元

赵㬎 　宋恭帝，元军攻破临安后投降

万众同劝文山公群（60）

你被张弘范邀请加入了群聊

张弘范修改群名为"万众同劝文山公群"

庐陵文天祥
> 拉我进来没用，该说的我都说完了。

 张弘范
> @庐陵文天祥　丞相忠心孝义世人皆知，我等万分敬重！如果你可以像侍奉宋朝一样侍奉元朝，照样可以拜相啊。

庐陵文天祥
> 国亡而不能救，身为臣子死有余辜！怎敢怀有二心苟且偷生？

 张弘范
> 文丞相何苦这样？

万众同劝文山公群（60）

忽必烈
这位就是文丞相？闻说宋人中无人能及。

王积翁
千真万确。

忽必烈
既然如此，众卿可劝其归顺，彰显我大元君临万邦，天下归心。@留梦炎

留梦炎
谨遵圣旨。文丞相，大宋已亡，你一人苦苦坚持，又有什么意思呢？

庐陵文天祥
我呸，你这个状元宰相，率先投降，无耻至极！

留梦炎
文天祥，我一番好意，你竟出口伤人？哼！

庐陵文天祥
你饱读圣贤书，却毫无气节，有何面目来劝我，又有何面目见家乡父老？

咕咕
小道消息，小道消息，后世的人说"两浙有留梦炎，两浙之羞也"，据说留姓子孙考科举都要证明自己不是留梦炎的后裔。

留梦炎
哪里来的怪鸟！

万众同劝文山公群（60）

忽必烈
@留梦炎 呵呵，你退下吧。@瀛国公赵㬎 你去。

瀛国公赵㬎
呃……丞相！

庐陵文天祥
臣文天祥参见圣驾，圣驾请回！

瀛国公赵㬎
丞相，我现在被封为瀛国公，不是皇帝了，慎言。

庐陵文天祥
圣驾请回！

忽必烈
真是赤胆忠心。@平章政事阿合马 @孛罗

平章政事阿合马
你真大胆，还敢不拜？

庐陵文天祥
南朝丞相，为何要拜北朝丞相？

平章政事阿合马
区区阶下囚，还敢猖狂！

庐陵文天祥
若早用我为相，何至于此？

万众同劝文山公群（60）

孛罗
> 你这是沽名钓誉。你们的德祐皇帝尚在就另立新君，这也算忠君爱国吗？

庐陵文天祥
> 另立新君正是为国家考虑！

孛罗
> 那你们保住国家了吗？

庐陵文天祥
> 国家被灭，臣子自当死节。不用多说，唯求一死！

柳娘
> 爹爹，我想你。

庐陵文天祥
> 谁人无妻儿骨肉之情？但今日事已至此，于义当死。可令柳女、环女好做百姓，爹爹管不得。泪下哽咽，哽咽！
>
> **得儿女消息**
>
> 故国斜阳草自春，争元作相总成尘。
> 孔明已负金刀志，元亮犹怜典午身。
> 肮脏到头方是汉，娉婷更欲向何人。
> 痴儿莫问今生计，还种来生未了因。

万众同劝文山公群（59）

 忽必烈
不要这样，你以待宋朝一样的忠心待我，我一样封你为宰相。

庐陵文天祥
既受宋恩，忝为宰相，如何能再事新主？唯愿一死！

庐陵文天祥退出群聊

《南安军》：不用劝了，我宁死不降

文天祥

说得出，做得到！

南安军

梅花南北路，风雨湿征衣。
出岭同谁出？归乡如此归！
山河千古在，城郭一时非。
饿死真吾志，梦中行采薇。

1279年

♡ 张千载，欧阳氏，陆秀夫，张世杰

张千载：到了吉州，我就和你一起上路，不用劝我。
文天祥回复张千载：🙏🙏🙏
王积翁：你有大才，何必如此？
留梦炎：为何如此顽固呢？

文天祥回复留梦炎：无耻！拉黑！

杜甫😢：化用我的"国破山河在"，化得好，化得妙。

文天祥回复杜甫😢：山河终有重光之日，我深深地感受到先生当时的心情。

🔍 **搜一搜** 　搜索

朋友圈　　　文章　　　公众号　　　小程序

💬 圈子 >

梅花南北路：指经过梅岭。梅岭，即大庾岭，位于今广东、江西交界处，岭上多植梅花。　**采薇**：周武王伐纣，商亡，伯夷、叔齐逃入首阳山，誓不食周粟，采薇而食。

诗意：来到梅岭上的南北路口，凄风苦雨把征衣打得湿透。翻越梅岭谁与我一同上路？回到家乡却已经身为俘囚。山河千秋永存不会更改，只是城郭暂时落入敌手。我决不投降，为表明心志宁愿饿死，在梦中效法先贤采薇而食。

👥 附近的人

张千载 👤　文天祥的同乡好友，随文天祥赴大都，住在囚室附近，每天为文天祥供送饮食，历时三年无缺

欧阳氏 👤　文天祥的妻子，自杀殉夫

王积翁 👤　宋降元官员，曾向元力荐文天祥，试图劝降文天祥未果，又试图保文天祥性命，被同僚留梦炎阻止

留梦炎 宋降元官员，曾劝降文天祥被面斥，后阻止前朝旧官放走文天祥

包仔、咕咕私聊

包仔

> 咕咕，那个张千载是什么人？文天祥被元兵抓住，送去大都了，他还跟着去，难道不怕死吗？

 咕咕

> 这位张千载可不是贪生怕死之人。他是文天祥的同乡好友。当年文天祥做丞相的时候，几次请这位好朋友出来做官，张千载都不肯出来。但是当文天祥被俘后，他却主动相见，共赴患难，实在是义薄云天啊！我带你去看看他们的生死交情吧。

文天祥、张千载私聊

至元十九年（1282），大都

文天祥

> 千载，这三年来，你一直不离不弃住在这囚所附近，给我送饭送菜，辛苦你了。

 张千载

> 你说"饿死真吾志，梦中行采薇"，既然你有宁

文天祥、张千载私聊

可饿死也不投降的志向,我受这一丁点儿苦又算什么呢!

文天祥
不过,我真的快死了。

张千载
何出此言?

文天祥
据狱卒说,中山有一个自称"宋主"的狂人,有兵千人,想救我出去;京城也有匿名的书信说,要煽动作乱,那么丞相就没有忧虑了。他们怀疑信里说的"丞相"就是我。

张千载
我去托人想办法,看能不能躲过这一劫。

文天祥
他们向来忌惮我,托谁都没用。之前王积翁想和几个投降的人一起为我求情,放我去做道士,都被那无耻小人留梦炎给破坏了,现在他们又怎会错过这个杀我的机会呢?我只求你一事。

张千载
请说。

文天祥
请将我的文稿带走。这都是我这几年所写的,尤其是这一首最重要。

文天祥、张千载私聊

文天祥

《正气歌》.docx
17KB

张千载

天地有正气，杂然赋流形。下则为河岳，上则为日星。于人曰浩然，沛乎塞苍冥。皇路当清夷，含和吐明庭。时穷节乃见，一一垂丹青……文山公放心，我定竭尽所能，保公遗骸得归故土！

至元十九年（1282）十二月，大都，文天祥就义

欧阳氏

张兄，我要跟夫君一起走了。我在他的衣服里发现了这首绝命词，剩下的，就拜托你了。
孔曰成仁，孟曰取义，
惟其义尽，所以仁至。
读圣贤书，所学何事？
而今而后，庶几无愧。

张千载

我送你们……

张千载

二位，我终于把你们带到老家吉州了，你们就在此好好安息吧。文兄在狱中写的诗文，我也都带出来了，我要让这些诗文流传后世，让后人看看文兄的风骨。

郑思肖
《寒菊》：誓不落北风之中

全网广播：1279年，宋元厓山海战，宋败。陆秀夫背幼主赵昺跳海而死，宋亡。

 郑思肖

我乃大宋孤臣是也。凡仕元者，一律拉黑！

寒 菊

花开不并百花丛，
独立疏篱趣未穷。
宁可枝头抱香死，
何曾吹落北风中。

♡ 赵孟頫，唐东屿

赵孟頫：之因，好久没见你了。

郑思肖回复赵孟頫：😠 你以宗室之身降元，居然漏了没拉黑你。

唐东屿：🐵🐵🐵

郑思肖回复唐东屿：若我身故，请记得帮我写一个"大宋不忠不孝郑思肖"的牌位。

| 朋友圈 | 文章 | 公众号 | 小程序 |

💬 圈子 >

作者：郑思肖（1241—1318），宋末诗人、画家，原名之因，宋亡后改名思肖，字忆翁，号所南。

不并：不合、不靠在一起。　**未穷**：无穷无尽。　**抱香死**：指菊花凋谢后不落，仍在枝头枯萎。　**北风**：寒风，此处语意双关，亦指元朝的残暴势力。

诗意：菊花在秋天盛放，不入百花丛中，独自长在稀疏篱笆旁，照样意趣无穷。即使凋谢也怀抱清香屹立于枝头，绝不会吹落于凛冽的北风之中。

附近的人

赵孟頫（fǔ） 　宋末元初官员、学者，宋太祖赵匡胤十一世孙，曾是郑思肖的朋友

唐东屿　郑思肖的朋友，受郑思肖所托，为他写牌位

包仔

郑伯伯,你为什么改名字呢?是不是有什么用意?

郑思肖

这位小朋友真聪明啊。我大宋国姓为赵(繁体为趙),"肖"是"趙"的组成部分,所以我改名思肖,以表示我不忘故国。

包仔

郑伯伯,你真爱国!

郑思肖

不仅如此,在下字忆翁,号所南,都是不忘故国的意思,就连平日坐着、躺着,我都面向南方。

包仔

郑思肖

难得与这位小朋友这么投契,我画一幅画送给你。

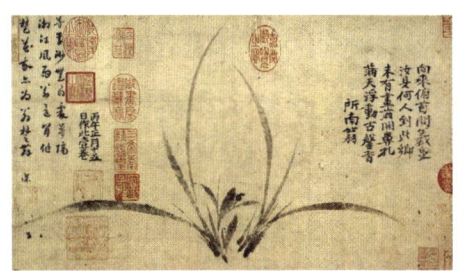

包仔

咦,是兰花,好漂亮!但是,为什么郑伯伯画的兰花只有几片花叶,没有根和泥土呢?

郑思肖

包仔

我是不是说错了什么?

郑思肖

 土地被他人夺去了,你不知道吗?

倪瓒〔元〕

秋风兰蕙化为茅,南国凄凉气已消。只有所南心不改,泪泉和墨写《离骚》。

郑思肖

 走开,在元朝当官的都走开!

倪瓒〔元〕

唉,晚辈是仰慕前辈而来的。宋灭时,我还没出生呢。

赵孟頫

之因别这样,不少王公贵胄都想要你画的兰呢。

郑思肖

 你还好意思来?与我投契的人,我自然会画画送他。贵人求要,我偏不给,再威胁我,我宁可头断!你身为皇族贵胄竟然投降新朝,我不想再见到你!

赵孟頫被郑思肖踢出了群聊

200

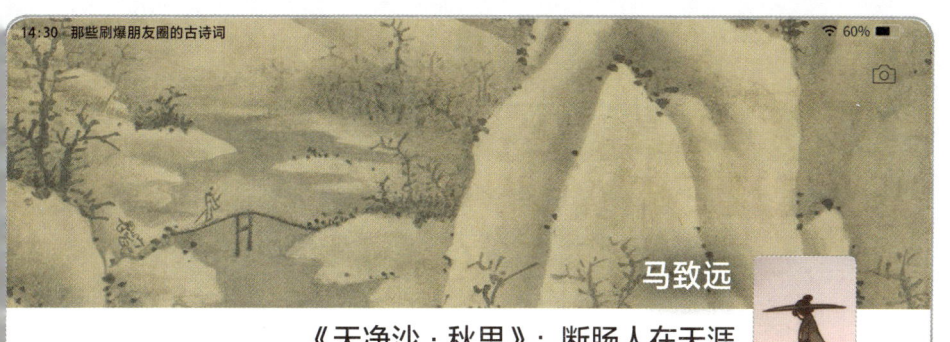

《天净沙·秋思》：断肠人在天涯

马致远

朋友的新动态

 马致远
天涯路茫茫，家在何方？

> **天净沙·秋思**
>
> 枯藤老树昏鸦，
> 小桥流水人家，
> 古道西风瘦马。
> 夕阳西下，
> 断肠人在天涯。

♡ 李时中，王伯成，卢挚，刘致，红字李二，花李郎，史樟，张可久

周德清：此乃秋思之祖。
白朴回复周德清：我不服！
明·王世贞：真乃曲中雅语。

搜一搜

朋友圈　　文章　　公众号　　小程序

圈子 >

作者：马致远（1250—1321），号东篱，元代戏曲家，与关汉卿、郑光祖、白朴并称"元曲四大家"。

天净沙：曲牌名。又名"塞上秋"。　　**昏**：傍晚。　　**古道**：古老的驿路。　　**断肠人**：形容伤心悲痛到极点的人。　　**天涯**：远离家乡的地方。

曲意：干枯的藤蔓缠绕着垂老的古树，树枝上还栖息着黄昏时归巢的乌鸦。小桥之下流水潺潺，旁边住着几户人家。在古老荒凉的道路上，秋风萧瑟，一匹疲惫的瘦马驮着游子前行。夕阳向西缓缓落下，悲痛至极的旅人还漂泊在天涯。

附近的人

李时中、红字李二、花李郎　元杂剧作家，在元贞书会中和马致远共作《邯郸道省悟黄粱梦》

卢挚、刘致　元代散曲作家，马致远之友，二人有作品唱和

王伯成　元代杂剧作家，马致远忘年交

史樟　元朝名将史天泽之子，马致远之友

张可久　元代散曲"清丽派"的代表人物，马致远之友

白朴　元代戏曲家，和马致远、关汉卿、郑光祖合称"元曲四大家"

周德清　元代文学家，曾评价马致远的《天净沙·秋思》

王世贞　明代文学家、史学家，曾评价马致远的《天净沙·秋思》

元曲交流群（289）

 白朴

@东篱马致远　来来来，咱们好好说道说道，你的《天净沙》怎么就成"秋思之祖"了？要知道，我的作品写得比你还早呢！

东篱马致远

啊？我可没说过这样的话，要不你也贴贴你的作品吧。

 白朴

贴就贴，谁怕谁？

天净沙·秋

孤村落日残霞，
轻烟老树寒鸦，
一点飞鸿影下。
青山绿水，
白草红叶黄花。

东篱马致远

哦，是这一首，听过，听过。我知道白先生的《天净沙》，把春夏秋冬都写遍了。

 白朴

正是。你看我这首《天净沙》，没有一个秋字，但处处是秋意，虽然萧瑟，但依旧清朗。哪像你，写得如此悲苦惆怅，"秋思之祖"实在名不副实。

 周德清

唉，这事貌似是我惹出来的。

元曲交流群（289）

> 东篱马致远
> 我心中悲苦，就自然而然地流露在作品里了。至于"秋思之祖"的说法，那可不是我提的，不能怪在我头上吧？

 白朴
你有啥悲苦的？

> 东篱马致远
> 唉，郁郁不得志，离乡背井，漂泊无定，方有此作。

 白朴
谁让你这么热衷功名，还向太子献诗求官，结果怎样？太子去世了，你就被外放了吧。其实当官有什么好，你看我，虽然被贵人推荐，但我还是谢绝了。

 郑光祖
不能同意再多了！官场讲究圆滑世故，不是我们这类人混的地方。

> 东篱马致远
> 我也醒悟了。正所谓"争名利，夺富贵，都是痴""命里无时莫刚求，随时过遣休生受"啊。

 已斋叟关汉卿
安心创作才是我等的正道啊。

 何良俊〔明〕
哇，"四大家"同框了！截图留念！

元曲交流群（289）

已斋叟关汉卿
什么"四大家"？

王骥德〔明〕
我认为"四大家"之说，应该有王实甫一席之地！@王实甫

王实甫
不要@我，这有什么好争的？

已斋叟关汉卿
同意。反正老王《西厢记》已经光耀千古，是不是"四大家"又有什么所谓呢？

 **敲黑板喽！意象详解**

乌鸦：乌鸦一身乌黑，叫声粗哑，给人苍凉、悲伤的感觉。它能嗅到腐烂、死亡的气味，寓意不祥，因此常与衰败、荒凉的景象放在一起，如这首《天净沙·秋思》，就极尽凄凉。

乌鸦也被用来比喻小人、俗客庸夫或不好的现象，如"天下乌鸦一般黑"。

乌鸦反哺，象征孝顺，如"鸦有反哺之义，羊有跪乳之恩，马无欺母之心"。

但在特定的朝代和民族中，乌鸦的象征意却截然不同，如在清朝，乌鸦被视为神鸟。

《山坡羊·潼关怀古》：不论兴亡，百姓皆苦

全网广播：1328年，泰定帝孛儿只斤·也孙铁木儿崩，其从侄图帖睦尔（是为元文宗）夺取了其子阿速吉八的皇位。1329年，关中大旱，饥民相食，特拜张养浩为陕西行台中丞，负责赈灾。

张养浩
🫠 一路走来，百姓惨状，触目惊心啊。

山坡羊·潼关怀古

峰峦如聚，波涛如怒，山河表里潼关路。
望西都，意踌躇。
伤心秦汉经行处，宫阙万间都做了土。
兴，百姓苦；亡，百姓苦。

1329年

♡ 焦遂🫠，不忽木🫠，元明善🫠，曹元用，张起岩🫠，许有壬，欧阳玄，黄溍

焦遂🫠：当年你的《白云楼赋》一赋值千金，可以比得上司马相如，老来更胜少年时啊。

不忽木🫠：当年一见你家中朴实无华，就知道你是御史台的真台掾。你年事已高，要照顾好自己。

张养浩回复不忽木😷：学生知道，但皇命救灾，不能不管啊。

元明善😷：你都这把年纪了，我替你担心啊。

张起岩：🐵老师辛苦了。

张养浩回复张起岩：谨记我的教诲，以才学报效国家。

🔍 **搜一搜** 搜索

朋友圈　　文章　　公众号　　小程序

💬 圈子 >

作者：张养浩（1270—1329），字希孟，号云庄，又称齐东野人，济南（今山东济南）人，元代著名政治家、文学家。

山坡羊：曲牌名。　　**潼关**：古关口名，在今陕西潼关，关城建在华山山腰，下临黄河，是历代的军事重地。　　**山河表里**：表里，内外。形容潼关外有黄河，内有华山，地势险要。　　**西都**：长安，这里泛指秦汉以来在长安附近所建的都城。　　**踌躇**：徘徊不定，心事重重。　　**宫阙**：宫，宫殿。阙，皇宫门前两边的楼观。

曲意：这里有连绵的山峰，有怒号的波涛，潼关外接黄河，内恃华山，地势险要。遥望古都长安，我思绪起伏。一路途经秦汉旧地，不禁伤怀感叹，历朝历代无数宫殿早已化作了尘土。国家兴盛，百姓受苦；国家灭亡，百姓更是受苦。

焦遂 元代官员，时任山东按察使，因看了张养浩的《白云楼赋》，推荐张养浩做东平学正

不忽木 张养浩的恩师，时任元朝中书平章政事，推荐张养浩进御史台，并称赞他是"真台掾"——御史台真正的支柱

元明善、曹元用 张养浩的好友，与张养浩并称"三俊"

张起岩、许有壬、欧阳玄、黄溍 张养浩大力推动恢复科举后选拔的元朝名士

包仔、咕咕私聊

包仔
咕咕，这首词写得真好。

咕咕
包仔，这首不是词，是元曲当中的散曲小令，虽然看上去和词差不多，但还是有区别的哦。

包仔
有什么区别啊？

咕咕
虽然词和曲都是长短句，都是按歌唱的需要去填，但词的字数是一定的，而曲的字数不一定，有些曲调里甚至可以增句，曲可以在本调之外另添衬字，显得更加灵活。词韵和诗韵差不多，曲韵则另立韵部，北曲的韵部更是把入声字归到了平上去声里面了。另外，曲的用韵比词更密，几乎每一句都押韵，更加朗朗上口。

包仔、咕咕私聊

包仔
我还是有点糊涂。

咕咕
你看书的时候，见曲牌名前面还有一个调名的，那就肯定是曲了。

包仔
那我更正一下，这首元曲的小令写得真好。

咕咕
当然了，张养浩可是一个学霸。他爸觉得他读书太认真了，一到晚上就把他屋里的灯拿走，不许他看书。而张养浩呢，一点也不着急，等父亲睡下后，把灯再拿回来，照看不误。他还拿衣服把窗户都堵上以免透光呢。

包仔
真有人那么爱看书吗？难不成是天生读书狂？

咕咕
以你的用功程度，当然想象不到。这个学霸十九岁时就因为一篇《白云楼赋》被山东按察使焦遂赏识，推荐为东平学正，也就是做了老师。二十多岁，他就进了中央领导部门——御史台了。

包仔
啧啧，学霸就是不一样，一定官运亨通吧？

咕咕

倒不是。他后来以奉养老父亲为由,辞官回乡了。朝廷曾经七次召他出来做官,他都拒绝了,所以他的祠堂叫作"七聘堂"。

包仔

既然他已经拒绝了七次,为什么最后又出来了呢?是嫌弃之前给的官不够大吗?

咕咕

才不是呢。张养浩之所以出山,是因为当时关中大旱,朝廷召命他去赈灾。他散尽家财,星夜上任,看见受饿的人就赈济,看见饿死的人就埋葬,不辞劳苦,最后还累死在任上呢。

包仔

《墨梅》：所以，我叫梅花屋主啊

王冕

吾一生爱梅，画梅，也写梅。

> **墨 梅**
>
> 我家洗砚池头树，朵朵花开淡墨痕。
> 不要人夸好颜色，只留清气满乾坤。

浙东会稽九里山梅花屋

♡ **李孝光，王艮，韩性，胡大海，张辰**

李孝光：你去当府吏有什么不好呢？
王冕回复李孝光：我有田可耕，有书可读，岂肯送公文，听人家使唤？
王艮：别这样，你看你衣衫褴褛，做官至少能解困一时。
王冕回复王艮：谢谢老师，你送我的鞋，我没带走。
胡大海：贤士啊，我到时必定来请你。

作者：王冕（1287—1359），字元章，号煮石山农，亦号食中翁、梅花屋主等，元朝著名画家、诗人、篆刻家。

我家：指晋代书法家王羲之的家。因王羲之与王冕同姓、同乡，借此自比。　　**满乾坤**：弥漫在天地间。

诗意：我家洗砚池边长着一棵梅树，朵朵盛放的梅花都显出淡淡的墨色。不需要别人夸它的颜色好看，只需要清香之气弥漫在天地之间。

附近的人

李孝光 元朝官员，曾任著作郎，王冕的朋友，想推荐王冕做官
王艮 元朝官员，曾为江浙检校，王冕的同乡和老师
韩性 元朝理学家，王冕的老师
胡大海 朱元璋手下大将，曾请王冕出山并向其问计
张辰 王冕同乡、朋友，著有《王冕传》

包仔、咕咕私聊

> 包仔
> 咕咕,为什么王冕的朋友老是劝他出来当官,而他硬是不干呢?

 咕咕
> 其实王冕也去考过试,但总考不中,就把自己的文章烧了。后来,他在北方游历后,见识了那些耀武扬威的统治者,就决意南归隐居。王冕才学过人,可惜被科举制度埋没了,我带你去看看他的故事吧。

 咕咕

 王冕父
> 叫你去放牛,牛呢?

> 王冕
> 我不知道。

 王冕父
> 怎么会不知道?这么大一头牛!你眼睛是坏了不成?

> 王冕
> 我去了学堂听其他小孩读书,回来的时候才发现牛不见了,我真不知道牛跑哪里去了。

 王冕父
> 气死我了,我非揍死你不可!

> 王冕
> 就算你打我,我以后也一样会去听别人读书的。

包仔、咕咕私聊

王冕母
算了，既然这孩子这么喜欢读书，就让他读吧。

王冕父
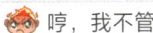 哼，我不管了！

王冕
谢谢母亲大人成全。从今天起，我要去寺庙寄住。

王冕母
为什么不在家里住呢？

王冕
寺庙佛像前有长明灯，方便我读书。

咕咕
就这样，王冕离开了家，借住在寺庙里，一到夜晚，就坐在佛像的膝盖上，借佛像前长明灯的光来读书。虽然寺庙里有不少面目狰狞的塑像，但是他一点都不害怕。

包仔
换作是我，肯定吓得动不了了。

咕咕
元代的大儒韩性听说了王冕的经历之后，觉得他与众不同，就收了王冕做学生。后来，王冕成了博学多才的儒生，只是没能考中科举，最后就在九里山隐居了。

包仔

这也太可惜了。

咕咕

王冕的一生非常传奇,所以吴敬梓在《儒林外史》的开篇就写了王冕的故事,把他塑造成一个理想的楷模。当然,小说嘛,肯定有虚构的成分,不过也足以证明王冕的人格,就如同他一生喜欢画和写的梅花那样高洁。

白 梅

冰雪林中著此身,不同桃李混芳尘。
忽然一夜清香发,散作乾坤万里春。

《石灰吟》：要留清白在人间

于谦

在这苍生社稷生死存亡的关头，在下以少年时的一诗明志！

> **石灰吟**
>
> 千锤万凿出深山，烈火焚烧若等闲。
> 粉身碎骨浑不怕，要留清白在人间。

♡ 朱祁钰，朱祁镇，王直，陈循，李贤，石亨，胡濙，孙镗

朱祁钰：廷益，京师就靠你了。

朱祁镇：救我！救我啊！

徐珵：依我看，应当迁都南京，以避瓦剌锋芒。

于谦回复徐珵：提议南迁之人当斩！京师乃天下根本，一动则大势去也，不见宋朝南渡之事乎？

王直：廷益说得好，我支持你！

陈循：廷益说得好，我支持你！

朱祁钰：廷益说得好，我支持你！

于谦回复**朱祁钰**：郕王当早即帝位，以绝瓦剌之谋！

朱祁镇回复**于谦**：……只要救我就好！

六 搜一搜　　搜索

朋友圈　　　文章　　　公众号　　　小程序

圈子 >

作者：于谦（1398—1457），字廷益，号节庵，官至少保，世称于少保，明代名臣、民族英雄。

吟：吟颂，古代的一种诗歌体裁。　　**等闲**：平常，轻松。　　**浑**：完全。　　**清白**：指石灰洁白的本色，又比喻高尚的节操。

诗意：石灰石经过千万次锤打才能在深山中开采出来，即使被熊熊烈火焚烧也只当作稀松平常事。就算粉身碎骨那又如何？但求把一身清白留在人间。

附近的人

朱祁钰　明代宗，明英宗弟弟。"土木堡之变"明英宗被俘后，他在大臣的推举下登上皇帝之位

朱祁镇　明英宗，在"土木堡之变"中被俘，后回朝，在代宗病重时，通过"夺门之变"重登帝位

王直、陈循　明朝名臣，协助于谦保卫北京

李贤　明朝名臣，于谦同僚，劝谕明英宗疏远石亨等"夺门之变"中的所谓功臣

石亨　明朝将领，和于谦一起保卫北京，后和徐有贞、曹吉祥怂恿明英宗发动"夺门之变"

胡濙（yíng）　明朝名臣，于谦同僚

孙镗　明朝将领，受于谦指挥保卫北京

包仔、咕咕私聊

包仔

咕咕，于谦真的好厉害啊，一个文官，居然带兵守住了北京城。他立下了大功，皇帝一定重重有赏吧？

 咕咕

嗯，当时确实有重赏。但是于谦是什么人啊？他才不要什么封赏呢，还把明代宗赏赐的东西都封好，全部放在明代宗赐给他的府第里。但这房子，他不住，只是每年去看一看。

包仔

 果然是清如水明如镜的好官。

包仔、咕咕私聊

咕咕

他当年在山西做巡抚的时候已经以清正廉明著称了。有一次,他要进京奏事,身边的人就劝他送点金银财宝给当时手握大权的太监王振。于谦不肯,于是又有人劝他至少带点土特产,既不需要花太多钱,也不用怎么搜刮民脂民膏。然后于谦就写了这一首诗。

入 京

绢帕蘑菇与线香,本资民用反为殃。
清风两袖朝天去,免得闾阎话短长。

包仔

王振有没有报复于谦?

咕咕

当然有了。他还指使别人弹劾于谦,想趁机处死于谦。百姓知道这个消息后,联名上书,才迫使王振罢手。王振随便编了个理由,说自己从前跟一个也叫于谦的人有过恩怨,才会闹出这样的误会,然后就把于谦贬去了山西。直到正统十二年(1447),于谦才被召回京师担任兵部右侍郎。

包仔

 这个王振真可恶!

咕咕

嗯!如果不是他怂恿明英宗亲征,也不会有后来的"土木堡之变"了。

包仔、咕咕私聊

包仔
那就不会有北京城保卫战,于谦也不会立下大功啦。

 咕咕
立下大功有什么用?力挽狂澜又如何?到最后,于谦一样落得个柱死的下场。史料记载"天下冤之",也就是全天下都为他喊冤,简直比窦娥还冤!

包仔
怎么会这样?

 咕咕
想了解于谦的故事,就扫码听音频吧。

《画鸡》：不鸣则已，一鸣惊人

 **唐寅**

只叫一声，就能震惊天下！

画 鸡

头上红冠不用裁，
满身雪白走将来。
平生不敢轻言语，
一叫千门万户开。

♡ 祝允明，文徵明，徐祯卿，张灵，王鏊，文林，沈周，梁储

祝允明：伯虎，我还是那句，一时得意，切勿张狂啊。

张灵：伯虎，你这傲娇的大公鸡，什么时候再跟我到处溜达一下，晒晒你的羽毛？

文林：你这身轻浮，是病，得改，不然我也帮不了你。

唐伯虎回复文林：老师，没法子，我就这德行。
文徵明：伯虎，我父亲对你的规劝，你还是要听的。
沈周回复文林：我们为这小子求得"补遗"资格去参加乡试，真不知是对是错、是福是祸啊。
朱宸濠：大才，大才啊，改日请来一聚。
唐伯虎回复朱宸濠：怎么？你敢起用我？哈哈哈哈哈

六 搜一搜　搜索

朋友圈　　文章　　公众号　　小程序

圈子 >

作者：唐寅（1470—1524），字伯虎，号六如居士，明代著名画家、诗人。

裁：裁剪，这里是制作的意思。　　**平生**：平素，平常。

诗意：头上天生的红色鸡冠不用特别剪裁，身披雪白羽毛雄赳赳地走来。它平常不会轻易鸣叫，但只要它一叫，就能叫得千家万户把门打开。

附近的人

祝允明　即祝枝山，唐寅挚友，"吴中四才子"之一
文徵明　唐寅挚友，"吴中四才子"之一、"明四家"之一
徐祯卿　唐寅好友，"吴中四才子"之一
张灵　　唐寅好友

王鏊（ào） 唐寅老师

文林 文徵明父亲，名士。欣赏唐寅，为其求情让其得以"补遗"参加乡试

沈周 唐寅老师、"明四家"之一，为其求情让其得以"补遗"参加乡试

梁储 唐寅参加乡试时的主考

朱宸濠 宁王，曾延揽唐寅为幕僚，后唐寅察觉其有反心，装疯脱身

包仔、咕咕私聊

包仔：哇，唐伯虎啊，我要找他签名！！！

咕咕：咦，包仔，我真不知道你这么喜欢唐寅哦。

包仔：当然了，他风流倜傥😊，才华横溢😊，文武双全😊，简直是我的偶像啊。

咕咕：喂喂喂，那是电影编的！

包仔：我知道，但他确实是人生赢家啊！

包仔、咕咕私聊

 咕咕
我还是推他名片给你,你们慢慢聊吧。

 咕咕
 六如居士唐伯虎
个人名片

包仔、六如居士唐伯虎私聊

你已添加了六如居士唐伯虎,现在可以开始聊天了

包仔
伯虎兄,你是我的偶像啊!

 六如居士唐伯虎
惭愧惭愧。一事无成,穷困潦倒,怎么当小友的偶像呢?

包仔
你怎么会一事无成呢?你不是才华横溢高中解元么,唐解元啊,多厉害啊!

 六如居士唐伯虎
唉,解元只是乡试第一,其实我在乡试预考时就被考官"毙"了,幸亏各位老师帮我说情让我"补遗"参加乡试,才有机会一举夺得解元。本来挺好的,可惜又受徐经科考舞弊案牵连,被取消资格,罢黜为吏。

包仔、六如居士唐伯虎私聊

包仔
做个小吏，至少工资还不错。

 六如居士唐伯虎
哼，此为奇耻大辱，我才不做。

包仔
那你怎么生活呢？

 六如居士唐伯虎
闲来写就青山卖，不使人间造孽钱。幸亏有九娘陪伴我。

包仔
嘿嘿，九娘是不是伯虎兄九个妻妾中的第九个啊？

 六如居士唐伯虎
小朋友，九个妻妾那是后人以讹传讹。我结发妻子早逝，续弦妻子也离我而去，最后只有九娘陪伴我。恐怕是那些小说家把九娘编成了九个妻妾吧。

包仔
那就是没有秋香了？

 六如居士唐伯虎：
那自然是没有的。

包仔
原来民间这么多关于你的故事都是编的。

包仔、六如居士唐伯虎私聊

六如居士唐伯虎
生在阳间有散场，死归地府也何妨。阳间地府俱相似，只当漂流在异乡。他们爱怎么编，随便他们吧。

包仔
别人笑你太疯癫，你笑别人看不穿。膜拜！

敲黑板喽！意象详解

　　鸡："雄鸡一唱天下白"，雄鸡打鸣代表即将天明。所以，也用来比喻春宵苦短、时光流逝，如"谁道使君不解歌，听唱黄鸡与白日"，而苏轼的"休将白发唱黄鸡"是反用典故，表示不用叹息年华易逝。

　　鸡常见于田园乡村，诗人常借用鸡来营造恬静安逸、平和丰足的意境，如"狗吠深巷中，鸡鸣桑树颠"。

　　晨鸡初鸣，旅人启程，因此鸡鸣也象征羁旅之思，如"孤馆灯青，野店鸡号，旅枕梦残"。

　　雄鸡毛色艳丽、姿态健美，诗人以鸡自喻，带有一份傲娇。

　　鸡作为佳肴出现，代表殷勤待客，如"故人具鸡黍"。

　　斗鸡是斗志、雄心的象征；另外，斗鸡往往引人围观，也带有热闹、欢快的色彩。

历史上的唐伯虎和影视剧中的唐伯虎到底有多大区别

王磐

《朝天子·咏喇叭》：喇叭亮相，人见人怕

朋友的新动态

 王磐

身儿不大，声音不小，谁听见谁跑。

朝天子·咏喇叭

喇叭，唢呐，曲儿小腔儿大。
官船来往乱如麻，全仗你抬声价。
军听了军愁，民听了民怕。
哪里去辨甚么真共假？
眼见的吹翻了这家，吹伤了那家，
只吹的水尽鹅飞罢！

♡ 陈铎，张守中

刘瑾：咦，这小令若有所指。

王磐：就是说喇叭的，有什么问题？

蒋一葵  ：阉党为祸，如此之烈啊。

| 朋友圈 | 文章 | 公众号 | 小程序 |

> 圈子 >

作者：王磐（约1470—1530），字鸿渐，号西楼。明代散曲家、画家，亦通医学，"南曲之冠"之一。

朝天子：曲牌名。　　**官船**：官府的船。这里指扰民的宦官船只。
声价：名誉地位。

曲意：喇叭和唢呐不停地嘀嘀嗒嗒，虽然曲调很短，但声音特别吵。官船来来往往乱乱糟糟，全凭喇叭和唢呐的声响来抬高身价。军人听了发愁，百姓听了就怕。哪里还分得出是真是假？眼看着它吹得有些人家倾家荡产，有些人家元气大伤，吹得水枯鹅飞，什么都吹没了。

附近的人

陈铎 　明朝散曲家，与王磐并称"南曲之冠"
张守中 　王磐的外甥
刘瑾 　明朝宦官，被称为"立皇帝"，祸乱朝野
蒋一葵 　明朝文人，其《尧山堂外纪》记王磐作《朝天子·咏喇叭》一事

包仔、咕咕私聊

包仔
> 咕咕,我还是看不懂。为什么喇叭一吹,就人见人怕呢?

咕咕

> 你还真以为是喇叭声吹得人见人怕吗?大家怕的、愁的,是用这些喇叭、唢呐开路的人,就是那些作威作福的宦官。

包仔
> 宦官?

咕咕

> 王磐写这首曲的时候,正是明代正德年间。当时宦官当权,还有一帮官员依附在他们周围,所以王磐才写这首小令来讽刺和揭露当时宦官狐假虎威、残害百姓的罪恶行径。来,带你去看看权宦那股厉害劲儿、威风劲儿。

历代权宦群(500人)

包仔、咕咕加入群聊

刘瑾

> 据说有两位小友来参观,好歹是因为咱家那时候的小令而来的,就由我先说了。我们明朝的太监啊,个个权倾天下,还有称呼咱家为"立皇帝"的,你说咱家厉不厉害?@土木堡之王振　@九千岁魏忠贤

历代权宦群（500人）

九千岁魏忠贤
皇上万岁，咱家九千岁，还用说吗？

李辅国
哎呀，你们明朝的皇帝一发话，你们就得死，还好意思说自己权倾天下？在我们唐朝，就连皇帝的废立，甚至生死，都掌握在我们手上呢。谁敢对付我们，谁就要死，这才叫权倾天下！@俱文珍　@王守澄　@仇士良　@田令孜

俱文珍
皇帝？我让唐顺宗退位他就得退位。

王守澄
皇帝？我拥立了三个，唐穆宗、唐敬宗、唐文宗都是被我送上皇位的！

仇士良
皇帝？不过是我傀儡！

田令孜
皇帝？唐僖宗也得叫我爸爸！

汉十常侍张让
叫爸爸有什么了不起，唐僖宗最后不一样把你削爵。汉灵帝叫我"阿父"，叫@汉十常侍赵忠　"阿母"，我让汉灵帝干吗，他就干吗。

历代权宦群（498人）

包仔
 我见识够了，早走为上。

包仔、咕咕退出群聊

< 　　　包仔、咕咕私聊　　　... ...

包仔
咕咕，原来唐朝、汉朝太监的权力比明朝的还要大啊。

 咕咕
是啊，汉唐后期掌权的太监，大多握有兵权，甚至能左右皇帝的废立，对朝政的干预就更不用说了。

包仔
我还知道秦朝的赵高专权也很厉害，还干过"指鹿为马"这事。

 咕咕
呃，虽然说赵高是宦官，但他不一定是我们印象中的那种宦官哦。在先秦和西汉时期，宦官不全是被阉割的人，到了东汉以后，才一律用阉人做宦官。顺便告诉你，太监这个称谓是隋唐出现的，当时仅指宦官中位高权重的人。直到清朝，太监才成为宦官的通称。

 **敲黑板喽！意象详解**

　　喇叭、唢呐：喇叭、唢呐声音响亮，先声夺人，给人热闹喜庆、声势浩大的感觉，也有喧闹、嘈杂的意思。

　　在这首《朝天子·咏喇叭》中，喇叭、唢呐是当时的权宦用来开路、自抬身价的乐器，是得意忘形、耀武扬威的象征，是对权宦的讽刺和批判。

夏完淳
《别云间》：痛别故乡赴泉路

夏完淳
父亲、师父，我们即将团聚了。

> **别云间**
>
> 三年羁旅客，今日又南冠。
> 无限山河泪，谁言天地宽。
> 已知泉路近，欲别故乡难。
> 毅魄归来日，灵旗空际看。

1647年 · 云间（今上海松江区）

♡ 夏允彝😊，陈子龙😊，张溥😊，史可法😊，吴易😊，钱栴，钱秦篆，杜登春，沈羽霄

夏允彝😊：吾儿，为父以你为荣。

陈子龙😊：为师在泉路相接。

钱栴：贤婿，幸而有你鼓励，我们一起与子龙先生在地下

相会。

洪承畴：何必呢？快快归顺！

夏完淳回复洪承畴：咦，我听说你死了呀。来泉路碰个头吧。

🔍 **搜一搜**　搜索

朋友圈　　文章　　公众号　　小程序

💬 圈子 >

作者：夏完淳（1631—1647），别名复，字存古，号小隐，又号灵首。明末诗人、少年抗清英雄。

云间：上海松江区古称云间，是作者家乡。　**羁（jī）旅**：寄居他乡，生活漂泊不定。羁，停留。　**南冠（guān）**：被囚禁的人。语出《左传》。楚人锺仪被俘，晋侯见他戴着楚国的帽子，问左右的人："戴南边楚国的帽子、被捆着的那个人是谁？"后世以"南冠"指代俘虏。　**泉路**：黄泉路。　**毅魄**：坚强不屈的魂魄，出自屈原《九歌·国殇》："身既死兮神以灵，魂魄毅兮为鬼雄。"　**灵旗**：古代出征前祭祷用的战旗。

诗意：三年以来为抗击清兵东奔西走，今天兵败被俘身陷囹圄。美好河山陷于敌手我不禁落泪，又如何能再说这天地宽广辽阔。已经知道自己将要踏上黄泉路，想到要永别故乡心里酸楚。等到我英魂归来的那一天，定要在战旗之下看到后继有人。

附近的人

夏允彝（yí） 👤 夏完淳父亲，江南名士，与陈子龙等创立与复社呼应的几社，抗清失败后自殉

陈子龙 👤 夏完淳之师，创立与复社呼应的几社，殉节

张溥（pǔ） 👤 夏完淳之师，复社领袖

史可法、黄道周 👤 明末抗清名臣，夏允彝之友，夏完淳之师

吴易 👤 反清"白头军"首领，夏完淳曾任其参军

钱栴（zhān） 👤 夏完淳岳父，与张溥、陈子龙结社往来，后与女婿夏完淳一起殉国

钱秦篆 👤 夏完淳妻子

杜登春、沈羽霄 👤 夏完淳之友

洪承畴 👤 明朝大臣，后投降清朝

包仔、咕咕私聊

包仔

咕咕，系统是不是出错了？我记得，已死的人在朋友圈评论会有魂魄标志，那位洪承畴并没有魂魄标志啊，为什么夏完淳说他已经死了呢？

 咕咕
系统没有出错，马上给你解答。

包仔、咕咕私聊

咕咕

顺治四年（1647），南京

 洪承畴

你一个十来岁的小孩，肯定是被人蒙骗才会反叛朝廷，只要你痛改前非归顺我大清，我保证你前途无量。

夏完淳

你是什么人？竟然敢冒充洪承畴来劝降？真是臭不要脸！

 洪承畴

你为何说我冒充呢？

夏完淳

我虽年少，但也知道本朝洪承畴忠贞爱国，几度与北虏血战，被俘后身死报国，崇祯皇帝亲往祭祀，举国同悲，天下谁人不知？我正是以洪承畴为榜样，才想着杀身就义，以效先贤。看你的头像，身穿胡虏衣冠，简直是亵渎英魂，可恶至极！

 洪承畴

 好！成全你！

包仔、咕咕私聊

咕咕

这个洪承畴,原本是明朝的大官,很有才华,和清朝打仗时被俘。消息传到北京,说他为国捐躯了,崇祯皇帝听了后很激动,为洪承畴办了一场超规格的丧礼,还亲自写了一篇祭文。

包仔

可是他没死啊。

咕咕

对,洪承畴不但没死,还投降了清朝。夏完淳骂的就是这件事。当然,这件事在清朝官修史书中没有记载,而是记录在屈大均的《皇明四朝成仁录》里面。据说啊,和夏完淳一样骂洪承畴的,还有一个叫孙兆奎的人。

包仔

这个人又是谁?

咕咕

全祖望在《梅花岭记》里面说,孙兆奎是史可法的旧部,因反清被抓后,洪承畴问他:"你跟随史可法,知道史可法有没有死吗?"孙兆奎就反问他:"你从北方来,可知道那位松山殉难的洪督师有没有死呢?"洪承畴被说到自己痛处,就叫人斩了孙兆奎。

包仔

 好残忍啊。

包仔、咕咕私聊

咕咕

其实，洪承畴投降清朝后，刚开始也不被重用，后来多尔衮摄政时才重用他。他亲自带兵南下，成为消灭南明力量的急先锋，立下很多功劳，但官始终不大。后来，乾隆皇帝还把他列入了《贰臣传》，就是一本专门批判背弃前朝投降新主的大臣的书。

包仔

啊？这样看来，他是值得，还是不值得呢？

《木兰花·拟古决绝词柬友》：人生若只如初见

朋友的新动态

纳兰性德
如果，是最无奈的假设……

> 木兰花·拟古决绝词柬友
>
> 人生若只如初见，何事秋风悲画扇。
> 等闲变却故人心，却道故心人易变。
> 骊山语罢清宵半，泪雨霖铃终不怨。
> 何如薄幸锦衣郎，比翼连枝当日愿。

♡ 纳兰明珠，曹寅，爱新觉罗·玄烨，顾贞观，朱彝尊，陈维崧，卢氏

汉·班婕妤：呜呼，我一首《怨歌行》竟令我成了弃妇的代表。

纳兰性德回复汉·班婕妤：请别介怀。实在是因

243

为秋扇的比喻太传神了。

唐·杨玉环 😭 **回复汉·班婕妤** 😭：姐姐别哭，还有我陪你呢。我左耳听完山盟海誓，右耳再听赐死之令，我都还没哭。

唐·李隆基 😭：又提《雨霖铃》来勾起我的伤心事！

唐·白居易 😰：此时重提比翼连枝，不是更讽刺吗？

唐·元稹 😄：我也曾用乐府歌行体，模拟女子的口吻，写了首决绝词。

顾贞观：棘友？给谁呢？

纳兰性德回复顾贞观：😊😊😊

搜一搜　　搜索

朋友圈　　文章　　公众号　　小程序

圈子 >

作者：纳兰性德（1655—1685），清代词人，叶赫那拉氏，字容若，号楞伽山人，正黄旗人。纳兰性德与朱彝尊、陈维崧并称"清词三大家"，著有《通志堂集》《侧帽集》《饮水词》等。

木兰花：词牌名。　　**柬**：寄信。

词意：人生如果都像初次相遇那般相处该有多好，那样就不会有相离相弃的痛苦了。如今你轻易地变了心，却反而说是坚守初心的人变了。想当初唐皇与贵妃的山盟海誓犹在耳边，最终还是不得不生死诀别，但即便如此也无怨无悔。可你又怎比得上薄情的唐明皇呢？他终归与杨玉环有过做比翼鸟、连理枝的誓愿啊。

👫 附近的人

爱新觉罗·玄烨 👤　康熙皇帝，纳兰性德是他的御前一等侍卫

纳兰明珠 👤　纳兰性德的父亲，康熙重用的大臣

曹寅 👤　清朝康熙年间大臣、皇商，曹雪芹的祖父，纳兰性德的同僚、好友，与纳兰性德同为康熙帝侍卫

顾贞观 👤　清朝文学家，纳兰性德的老师、挚友

朱彝尊、陈维崧 👤　清朝文学家，与顾贞观并称清初"清词三大家"，纳兰性德的好友

卢氏 👤　两广总督卢兴祖的女儿，纳兰性德的妻子

纳兰心事几曾知群（10人）

顾贞观
@曹寅　"人人争唱饮水词，纳兰心事几曾知？"你写得真好啊！　@所有人　看看谁能猜出容若心事。这次小范围讨论一下，容若朋友圈那首《木兰花》到底是写给谁的。

卢氏
既然不是写给我的，那我就为容若的一众良师益友加油鼓劲吧，只怕诸君白费力气。

纳兰心事几曾知群（10人）

纳兰性德

> @卢氏 "知己一人谁是？已矣。赢得误他生。"

 顾贞观

> 幸得明珠大人邀我至府上授课，我才有缘认识容若。虽名为容若的老师，实际上已结为良朋知己。那段一起谈论诗词的时光，让我忘却了所有郁结。

纳兰性德

> 读过老师的《金缕曲》，我不禁泪流满面。世上怎会有那么深重的情义？河梁生别之诗，山阳死友之传，得此而三！老师如何对挚友吴兆骞，必定也会如何待我。与您结为知己，绝对是我莫大的福气！

 顾贞观

> 所以说，肯定不是写给我的咯。

 曹寅

> 我们初识时，容若小鲜肉可谓帅气逼人啊。我们还特别喜欢互相取笑。容若曾经负责管理马，我就叫他"马曹"。

纳兰性德

> @曹寅 哈哈哈，你这看护猎犬的"狗监"，凤毛才思，登高能赋，容若佩服。

 曹寅

> 哈哈哈，所以也不是给我的。

纳兰心事几曾知群（10人）

朱彝尊
容若喜欢读我的《江湖载酒集》，特意写信给我约见。我也不客气，亲自到容若家中拜访。我们一见如故，成为忘年之交，分别后，容若还写诗给我，说"开户见残月，道远有所思"。可见，也不是我。

爱新觉罗·玄烨
容若是朕的御前侍卫，朕见他比见爱妃还多，哪还有什么初不初见的？

纳兰性德
哈哈哈，大家不用猜了，我还是那一句"如人饮水，冷暖自知"。

顾贞观
"饮水"公子滴水不漏，早就知道你不会说，只想借机追忆一下当年初见时，多美好呀。

纳兰性德
仍与初见时一样，岂不更加美好？

🎵 音频

🔍 纳兰说的"河梁生别之诗，山阳死友之传"有什么动人的故事？

《长相思·山一程》：千帐灯照的是无眠

纳兰性德

平定云南，随皇上出关东巡，祭告奉天祖陵。

> **长相思**
>
> 山一程，水一程，
> 身向榆关那畔行，夜深千帐灯。
> 风一更，雪一更，
> 聒碎乡心梦不成，故园无此声。

♡ 1682年 · 关外

♡ 爱新觉罗·玄烨，纳兰明珠，曹寅，卢氏😊，纳兰揆叙，顾贞观

纳兰明珠：好好执行公务，别想那么多。

纳兰揆叙：哥，有我陪阿玛玩呢。

纳兰容若回复**纳兰揆叙**： 又颠三倒四了，是阿玛陪你玩。

索额图： 看来，要你随着皇上出关，是委屈你了。

纳兰明珠回复**索额图**： 有什么冲我来，少在这儿挑拨离间！

爱新觉罗·玄烨：嗯，思乡也是人之常情。

纳兰性德回复**爱新觉罗·玄烨**：臣没别的意思，并非不情愿。

卢氏 ： 夫君，放下胸中块垒吧。

纳兰性德回复**卢氏** ： 胸中块垒，非酒可浇。

王国维 ： 纳兰容若以自然之眼观物，以自然之舌言情，此初入中原未染汉人风气，故能真切如此，北宋以来，一人而已。这首的"夜深千帐灯"已非常接近古人"大江流日夜""长河落日圆"的千古壮观。

< 六 **搜一搜** 搜索

朋友圈　　文章　　公众号　　小程序

圈子 >

长相思：词牌名。　　**榆（yú）关**：指今山海关，在今河北秦皇岛东北。　　**那畔**：山海关的另一边，指关外。　　**聒（guō）**：声音嘈杂，这里指风雪声。

词意：跋山涉水走过一程又一程，将士们马不停蹄地向着山海关进发。夜已深了，千万个帐篷里都点起了灯。外面风雪交加，扰得思乡的将士们无法入睡。在我温暖宁静的故乡，没有这般寒风呼啸、雪花乱舞的聒噪之声。

附近的人

纳兰揆（kuí）叙 纳兰性德的弟弟

索额图 康熙年间权臣，是纳兰明珠的政敌，两人争斗多年，互相倾轧

王国维 清末民初著名学者，极为推崇纳兰性德

包仔、咕咕私聊

包仔
什么叫胸中块垒？胸中有座堡垒？

咕咕

是指心中的郁结就像石块那样。

包仔
哦，原来是不开心的意思。但纳兰性德的家世那么好，还能天天陪在皇上身边，他为什么不高兴呀？

包仔、咕咕私聊

咕咕

其实纳兰家和爱新觉罗家的关系是很复杂的。纳兰性德的曾祖父被努尔哈赤绞杀了，外祖父英亲王阿济格，是多尔衮的同胞哥哥，在多尔衮死后企图摄政，最终被赐死。他爸也当过康熙的侍卫，他爸高升后，他又接过这棒，但以纳兰性德的才情和志向，根本就不想做这个"贴身保镖"。

包仔

先做着呗，像他爸那样，做了一段时间就高升了。

咕咕

御前侍卫不但没什么人身自由，精神压力还很大——正所谓伴君如伴虎嘛。虽然纳兰性德看起来很受康熙器重，一路从三等侍卫做到一等侍卫，但其实并没什么实权。他曾经在诗里写"平生纵有英雄血，无由一溅荆江水"。

包仔

既不能辞职，又不能怠工，是挺郁闷的。

咕咕

纳兰性德的原配夫人卢氏在世的时候还算好一点，至少有个知心的伴侣。但结婚才三年，卢氏生下孩子后就死了，他的日子就更加难过了。

包仔

老是不开心，胸中压着块大石头，难怪会英年早逝。还是我这样好，每天都嘻嘻哈哈的。

《浣溪沙·身向云山那畔行》：古今幽恨几时平

纳兰性德

前路茫茫，未知是吉是凶啊。

> **浣溪沙**
>
> 身向云山那畔行，
> 北风吹断马嘶声，
> 深秋远塞若为情！
> 一抹晚烟荒戍垒，
> 半竿斜日旧关城。
> 古今幽恨几时平！

1682年

♡ 徐乾学，纳兰明珠，纳兰揆叙，爱新觉罗·玄烨，郎谈，曹寅，朱彝尊，陈维崧

郎谈：最多几个月便能回京，不必如此感慨。

曹寅：等你回来我们再聚。

和珅 🫣：原来你俩关系这么好，难怪圣上会说《红楼梦》是明珠家事了。

爱新觉罗·弘历 🫣 回复**和珅** 🫣：多嘴！

浣溪沙：词牌名，原是唐教坊曲名，又名"浣沙溪""小庭花"等。
若为：怎为。　　**戍（shù）垒**：边防驻军的营垒。　　**半竿**：太阳离地面只有半竿的高度，形容夕阳西斜。

词意：向着北方边疆一路前行，凛冽的北风吹散了骏马的嘶鸣，让人听不真切。萧瑟的深秋季节，在遥远的边塞，我的心久久不能平静。一抹晚烟飘在废弃的营垒关隘之上，低斜的落日照着旧的关城，令人不禁想起古往今来金戈铁马的故事，心潮起伏不平。

附近的人

徐乾学	纳兰性德的老师，纳兰明珠一党
郎谈	清朝著名将领，纳兰曾受命与其出使觇梭龙打虎山，此词正写在此行途中
爱新觉罗·弘历	乾隆皇帝
和珅	清代乾隆时期的权臣、商人

> 包仔

咕咕，和珅的那句评论是什么意思？

 咕咕

> 嘿嘿，这个说法，出自清代曾国藩的心腹赵烈文的笔记。据说和珅看了曹雪芹的《红楼梦》，心里面有点奇怪，就呈给乾隆皇帝看。结果乾隆一看就说，这不就是当年大学士明珠家里的那点事吗？

> 包仔

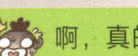 啊，真的？

 咕咕

> 这也只是一个说法而已。不过，乾隆皇帝这么说，自然有他的道理。你想一下，纳兰性德和贾宝玉，是不是有点相似？纳兰明珠最后被抄家，和贾府盛极而衰，是不是也差不多？

> 包仔

 呃，我还没看完《红楼梦》，怎么知道……

 咕咕

> 还有，你也看到了，曹雪芹的祖父曹寅和纳兰性德关系很好，两人还有不少诗词唱酬呢。

> 包仔

就算他们是好朋友，也不能证明曹雪芹写的，就是自己祖父的这位好朋友的家事吧。

咕咕

当然不能,不然你就是红学大家了。不过嘛,在纳兰的词句当中,出现过不少"红楼",比如这一首:

饮水诗·别意六首之三

独拥余香冷不胜,残更数尽思腾腾。
今宵便有随风梦,知在红楼第几层?

包仔

咦,红楼?

咕咕

还有呢。

鹧鸪天·别绪如丝睡不成

别绪如丝睡不成,那堪孤枕梦边城。
因听紫塞三更雨,却忆红楼半夜灯。
书郑重,恨分明,天将愁味酿多情。
起来呵手封题处,偏到鸳鸯两字冰。

包仔

还是红楼?

咕咕

在纳兰的词里,"红楼"出现的次数很多。另外,在他悼念自己妻子的词中,有这么一句:

此恨何时已。滴空阶、寒更雨歇,葬花天气。
——《金缕曲·亡妇忌日有感》

包仔、咕咕私聊

包仔

> 嘻嘻,这个我看出来了,葬花,黛玉葬花!

 咕咕

> 曹雪芹写《红楼梦》的时候究竟有没有借鉴纳兰的家事,抑或他只是因喜欢纳兰的词而化用在自己的小说里,我们不得而知。不过,至少在乾隆皇帝看来,这两者之间,关系不小哦。

《舟夜书所见》：送你一份夜猫子福利 查慎行

朋友的新动态

查慎行
睡不着，但看见这绝美夜景，也不枉了。

> **舟夜书所见**
>
> 月黑见渔灯，
> 孤光一点萤。
> 微微风簇浪，
> 散作满河星。

♡ 黄宗羲，陆嘉淑，王士禛，朱彝尊，梁佩兰，洪昇，爱新觉罗·玄烨，纳兰明珠，李光地，纳兰揆叙，金庸

洪昇：之前看戏的事，连累你了。
查慎行回复洪昇：不用介怀，我已改名慎行，就是要提醒自己谨言慎行啊。

纳兰明珠：👦撩叙有先生教诲，幸甚幸甚。

爱新觉罗·玄烨：不愧是烟波钓徒查翰林，好诗好诗，不愧甲等。

纳兰揆叙：先生可收千金，以助建初白庵。

查慎行回复纳兰揆叙：心意到就行了。

金庸 🉐：拜见祖上。

查慎行回复金庸 🉐：👦哈哈哈，听说你在后世的名号可比祖上响啊，棒棒哒！

🔍 **搜一搜**　　搜索

　朋友圈　　　文章　　　公众号　　　小程序

　　　　　💬 圈子 >

作者：查慎行（1650年6月5日—1727年10月14日），初名嗣琏，字夏重，后改名慎行，字悔余，浙江海宁人。清代诗人、文学家，被誉为清代诗坛的"清初六家"之一。

书：记、写。　　**渔灯**：渔船上的灯火。　　**萤**：萤火虫，比喻灯光像萤火虫一样微弱。　　**簇**：聚集，簇拥。

诗意：漆黑之夜不见月亮，只看见那渔船上的灯光。孤独的灯光在茫茫的夜色中，像萤火虫一样发出一点微亮。微风阵阵，河水泛起层层波浪。渔灯的微光在水面上散开，好像在河面上撒落了无数的星星。

附近的人

黄宗羲 清 明末清初学者，查慎行的老师
陆嘉淑 清 清初诗人、书画家，查慎行的岳父
王士禛 清 清初诗坛领袖，查慎行的老师
朱彝尊 清 清初词人，查慎行的表兄，曾几次同游
梁佩兰 清 清初诗人，"岭南三大家"之一，查慎行的朋友
洪昇 清 清朝戏剧家，代表作《长生殿》，查慎行因曾在皇后病死尚未除服期间与其看戏而被弹劾，驱逐回籍
爱新觉罗·玄烨 清 康熙皇帝，对查慎行恩宠有加
纳兰明珠 清 康熙朝重臣，曾聘请查慎行到他府中，担任其次子纳兰揆叙的老师
纳兰揆叙 清 纳兰明珠次子，查慎行的学生
金庸 清 本名查良镛，查氏之后，当代武侠小说作家

包仔、咕咕私聊

包仔
哇，咕咕，原来查慎行是金庸的祖上。

 咕咕
没错，金庸在他的《鹿鼎记》里说过，他就是海宁查氏之后。

包仔
但金庸老先生的祖上好像摊上大事了。他不是在朋友圈里说他被弹劾回家，连名字都改了吗？

包仔、咕咕私聊

咕咕
那是查慎行三十多岁时的事。后来,他考了几次科举都没中。不过,在他五十二岁被康熙皇帝召见后,就一直深受康熙器重了。

康熙微服/不微服群(66)

黄六鸿
启奏皇上,洪昇、赵执信、朱典、翁世庸、查嗣琏等人,居然在国恤期间设宴看戏,是为大不敬,请按律治罪,予以严惩。

爱新觉罗·玄烨
岂有此理!此等人胆大妄为,定不可饶!将此一干人等,或革除官职功名,或拘留放逐,总之严惩不贷。

查嗣琏
是我的疏忽。从今以后,我当谨言慎行,就改名查慎行吧。

康熙四十一年(1702),德州

爱新觉罗·玄烨
我听说有个叫查慎行的人,学问人品都不错,你们有听过吗?

康熙微服/不微服群（67）

李光地
有，有，陛下要找他？

爱新觉罗·玄烨
快！

查慎行加入群聊

查慎行
@爱新觉罗·玄烨 拜见皇上。

爱新觉罗·玄烨：
之前你应召的考试考得不错，以后你和汪灏、查昇每日进南书房办事。

查慎行
谢皇上。

爱新觉罗·玄烨
今天在南苑玩爽了，各位可赋诗句。

查慎行
臣有纪恩诗呈上。"银鬣金鳞照坐隅，烹鲜连日赐行厨。感踰学士蓬池鲙，味压诗人丙穴腴。素食余惭留匕箸，加餐远信慰江湖。笠檐蓑袂平生梦，臣本烟波一钓徒。"

爱新觉罗·玄烨
好！好个烟波钓徒查翰林！

袁枚

《所见》：所见所闻皆可成诗

朋友的新动态

 袁枚
你问我为何辞官去，随园代表我的心。

> **所　见**
>
> 牧童骑黄牛，歌声振林樾。
> 意欲捕鸣蝉，忽然闭口立。

♡ 尹继善，李棠，钱琦，赵翼，姚成烈，卢文弨，杨绳武

尹继善： 唉，虽然你未能补高邮州缺，但也没必要退隐嘛。

袁枚回复尹继善：恩师，官场的唱酬我实在不想再理。您看我闲时游览，处处皆可成诗，多有意思。

卢文弨： 我想借你的藏书，可以吗？

袁枚回复卢文弨：他人借书借而已，君来借书我辄喜。一书借去十日归,缺者补全乱者理。
袁枚:忘记写了,这里有随园美景,更有随园美食,欢迎大家来探访,收费不贵,物有所值哦。
赵翼:晕,这还能趁机打广告?

🔍 搜一搜　　搜索

朋友圈　　　文章　　　公众号　　　小程序

💬 圈子 >

作者:袁枚(1716—1798),字子才,号简斋,晚年自号仓山居士、随园主人、随园老人。清朝乾嘉时期代表诗人、散文家、文学批评家和美食家,世称"随园先生"。

林樾(yuè):指道旁成荫的树林。樾,树荫。

诗意:牧童骑在黄牛背上,嘹亮的歌声在林中回荡。他忽然想捕捉树上鸣叫的知了,就马上一声不响地站立在树旁。

👥 附近的人

尹继善 👤　镶黄旗人,袁枚的恩师,多次提拔袁枚
姚成烈、李棠、钱琦 👤　袁枚的好友
赵翼 👤　与袁枚、蒋士铨合称"乾嘉三大家",与袁枚惺惺相惜
卢文弨(chāo)👤　袁枚好友,在钟山书院主讲时,经常向袁枚借书
杨绳武 👤　曾任杭州万松书院山长,袁枚常向杨绳武请教

随园一日游群(100)

咕咕
各位好,我是你们的时空穿梭小导游咕咕,今天带你们来看随园。

包仔
得了,也就我一个跟了你来,可见这个随园没什么大不了的。

袁枚
岂有此理,谁说我的随园没什么大不了!各位请出来为随园正名!

曹寅
此园本是我所建,当时可是江南一带最大的园林。

包仔
你说是就是啊?

咕咕
包仔,人家是江宁织造,康熙帝六次南巡,有四次住在他家。

包仔

袁枚
不仅如此,他有个孙子叫曹雪芹,写了本书叫《红楼梦》,书里有个大园子叫大观园,原型就是我这随园。

随园一日游群(100)

> 包仔:哇!大观园就是这个地方?

 袁枚:

不仅如此,在下买了这个园子后,平地开池沼,起楼台,一造三改,所费无算。奇峰怪石,重价购来;绿竹万竿,亲手栽植。器用则檀梨文梓、雕漆枪金,玩物则晋帖唐碑、商彝夏鼎,图书则青田黄冻、名手雕镌,端砚则蕉叶青花、兼多古款,为大江南北富贵人家所未有也。

> 包仔:啊啊啊啊啊,是我有眼不识泰山!我进您这园子玩,门票要多少钱?

 袁枚:

此园不收钱。"放鹤去寻三岛客,任人来看四时花。"不过,要在本园吃东西,那可就要钱了。园里食肆各样美食,是我四处收集而来的。喏,菜单在此。

 袁枚:

《随园菜单》.docx
65KB

> 包仔:好贵,我吃不起。

 袁枚:

本园还有在下的正版著作全套出售,小友是否需要,我给你打个折扣如何?

随园一日游群（100）

包仔
 我没带钱……扫码支付可以吗？

袁枚
不知道你说什么！不陪你聊了，我还得去帮人写传记赚钱呢。

包仔、咕咕私聊

包仔
 咕咕，这个随园算不算最早拆掉围墙的公园啊？

咕咕
哎呀，袁枚可是那个时候的经商奇才。你看这个随园，在他的经营下声名远播，据说每年园门门槛都要更换一两次，因为来访的人实在太多了。其实，他写诗提倡性灵，主张抒发真情实感，所以他为人也是率真得可爱，尤其是在爱吃方面，简直人所共知。

包仔
真的？

咕咕
据说他每到别人家，都要带上家里的厨子。吃到好吃的，就让厨子到厨房里去学。

> 包仔、咕咕私聊

包仔
要是人家不教呢?

 咕咕
那么他想吃的时候就雇轿子把人家的厨师抬过来。另外,他还酷爱收集食谱,那本《随园食谱》就是他从各方收集编成的。

包仔
要是他看上的食谱人家不给呢?

 咕咕
确实有人不给,只不过袁枚宁可当场鞠躬,也要拿到食谱。陶渊明是不为五斗米折腰,袁枚则是为一食谱情愿再三折腰啊。

音频

🔍 袁枚不仅爱吃,还爱收女弟子

郑燮

《竹石》：平生最爱竹与石

朋友的新动态

郑燮
世人皆知我难得糊涂，但不知我亦愿为竹石。

竹 石

咬定青山不放松，
立根原在破岩中。
千磨万击还坚劲，
任尔东西南北风。

♡ 允禧，袁枚，金农，黄慎，高凤翰，罗聘，李方膺，李鱓，高翔，汪士慎

允禧：若有机会再来京师，一定要来找我。
郑燮回复允禧：谢王爷招待。
李鱓：三绝诗书画，一官归去来。
金农：画好，字更好，一字一笔，兼众妙之长。

袁枚：你们拍马屁。字一般啊，郑板桥书法野狐禅也，如乱爬蛇蚓。

郑燮回复袁枚：哼，斯文走狗。

袁枚回复郑燮：要不要来我随园吃东西？你个"青藤门下牛马走"。

郑燮回复袁枚：好啊！好啊！

六 搜一搜　　搜索

朋友圈　　文章　　公众号　　小程序

圈子

作者：郑燮（1693—1766），字克柔，号理庵，又号板桥，人称板桥先生，清代书画家、文学家。

诗意：竹子抓住青山丝毫也不放松，根部牢牢扎在岩石缝隙之中。历经无数磨难打击仍坚强有力，任凭你刮东西南北风。

附近的人

金农、黄慎、李鱓（shàn）　　与郑燮同列"扬州八怪"，郑燮的朋友

罗聘、李方膺、高翔、汪士慎　　与郑燮同列"扬州八怪"

允禧　　慎郡王，欣赏郑燮

袁枚 👤　清朝诗人、散文家,郑燮的朋友,常有诗句酬答,但据说两人也有矛盾

高凤翰 👤　清代画家、书法家、篆刻家,郑燮的朋友

包仔、咕咕私聊

包仔
咕咕,你终于带我来看写竹子的了。

咕咕
?

包仔
梅兰菊竹,这本书已经出现了梅花和菊花了,我就等着你什么时候带我来看"四君子"余下的两位。

咕咕
带你刷了这么久朋友圈,你果然学到很多知识,梅兰菊竹"四君子"都知道了。其实,兰花和竹子,恰好就是我们今天这位朋友圈主人郑板桥的至爱,尤其是竹子。你想看,我带你去看。

板桥先生公开约画群（116）

板桥先生郑燮
我一生只画兰、竹、石，所谓"四时不谢之兰，百节长青之竹，万古不败之石，千秋不变之人"，哈哈哈哈。

包仔
哇，真是郑板桥啊，可以帮我画幅画吗？嗯，就画您最喜欢的竹子吧，我要大大幅的。

板桥先生郑燮
可以，请先付银子。

包仔
啊，多少钱？

板桥先生郑燮
大幅六两，中幅四两，小幅二两，条幅对联一两，扇子斗方五钱。一手交钱，一手交画。

包仔
我是一个小学生，没钱啊！不如我把我当中午饭的两个包子送给您，好吗？

板桥先生郑燮
送礼物、食物，总不如银两好。你送的，我不一定喜欢；你送钱，我就一定喜欢。

板桥先生公开约画群（116）

咕咕
@包仔 郑先生是中国画家明码标价卖画的第一人呢。@板桥先生郑燮 《板桥润格》里面写得清清楚楚，对吧？

板桥先生郑燮
这只会说话的小鸟真聪明，真可爱。

包仔
@咕咕 你不是说他最喜欢竹子、兰花的高洁品格吗，怎么这么俗啊？

板桥先生郑燮
哈哈哈，小朋友，你要知道，人是要吃饭的，吃饭就得要有钱。卖画收钱，何俗之有啊？"画竹多于买竹钱，纸高六尺价三千。任渠话旧论交接，只当秋风过耳边。"

包仔
我只是觉得要是有钱就能买到您的画，您就太掉钱眼里面了。

板桥先生郑燮
小朋友你可误会了，我平生最讨厌贪官劣绅，这种人就算捧一大把银子来，我也不会卖给他们。只不过在《板桥润格》里面，不方便说而已。

包仔
真的？

板桥先生公开约画群（116）

板桥先生郑燮

想当年我弃官而去，就是因为请求赈灾之事得罪了上司，又怎会与贪官劣绅笑面相迎呢？正所谓"乌纱掷去不为官，囊橐萧萧两袖寒。写取一枝清瘦竹，秋风江上作渔竿"。

盐商

且慢，郑先生别把话说满了。请看我厅堂内的书画可是你的真迹？

盐商

板桥先生郑燮

咦，果然是。你是如何得来的？我不记得收过你钱啊！

盐商

哈哈哈，是没有收我钱，但是，你受了我的招待。你还记得那天路过一茅舍，嘴馋吃了一顿狗肉好酒，然后画画题字留念吗？

板桥先生郑燮

确有此事，莫非……

板桥先生公开约画群（116）

盐商
那茅舍的主人是我啊，哈哈哈哈哈哈！我曾用高价买画不可得，想不到一顿狗肉就拿到了板桥先生的真迹。

板桥先生郑燮
 都是我嘴馋误事啊！

 敲黑板喽！意象详解

山岳：山岳屹立不倒，是坚定不移的象征。

山中是隐逸佳处，指代归隐的心情，如"高山有佳趣，便欲作清游"。

高山需人仰望，比喻高洁的情操，如"高山安可仰，徒此揖清芬""高山如高人，可仰不可亵"。

竹子：竹四季常青，象征顽强的生命力，如白居易《题李次云窗竹》里的"千花百草凋零后，留向纷纷雪里看"。

竹子有节，象征君子的节操，如"宁可食无肉，不可居无竹。无肉使人瘦，无竹使人俗"。

竹自带清新脱俗的气质，诗人借以表达对自然的喜爱，包含隐逸之意，如"竹怜新雨后，山爱夕阳时"。

　　竹中空，象征虚怀若谷，如"凌霜尽节无人见，终日虚心待凤来"。

郑板桥到底有多怪才能以"怪"闻名呢？

《己亥杂诗（其五）》：换种方式，照样报国

龚自珍
这官不当也罢！

> **己亥杂诗**（其五）
>
> 浩荡离愁白日斜，吟鞭东指即天涯。
> 落红不是无情物，化作春泥更护花。

1839年

♡ **龚丽正，魏源，林则徐，何绍基，刘逢禄，梁章钜**

龚丽正：儿啊，回来便教书育人吧。

林则徐：璱人，我正在广东全力禁鸦片烟，来吗？

龚自珍回复林则徐：少穆，我定全力支持你禁烟。另外，务必加强军事设施以防英军。

林则徐：感谢璱人，我定铭记于心。

龚自珍回复林则徐：故人横海拜将军，侧立南天未蒇勋。我有阴符三百字，蜡丸难寄惜雄文。

魏源：别再狂傲起来就口不择言了，须防小人。我当你是朋友才提醒你。

龚自珍回复魏源：受教，但我不一定改得了。

六 搜一搜　　搜索

朋友圈　　文章　　公众号　　小程序

圈子 >

作者：龚自珍（1792—1841），字璱人，号定盦（一作定庵），又号羽琤山民。清代思想家、诗人。

浩荡：无限。　**鞭**：马鞭。　**落红**：落花。

诗意：日落西斜，离开京城的我满怀离愁别绪。马鞭向东一挥，就如人在天涯一般。从枝头掉落的花朵不是无情之物，化作春泥培育来年新绽的春花。

附近的人

龚丽正　清代官员，龚自珍父亲

魏源　清代著名思想家，被称为近代中国"开眼看世界第一人"，龚自珍朋友

林则徐	清代名臣、民族英雄，龚自珍朋友，龚自珍曾作《送钦差大臣侯官林公序》，提出许多禁烟、御敌的对策
何绍基	晚清诗人、画家、书法家，龚自珍朋友
刘逢禄	清代经学家，龚自珍、魏源的老师
梁章钜	清代名臣，龚自珍辞官后在其辖下的云阳书院执教

包仔、咕咕私聊

包仔：龚自珍当官当得好好的，为什么要辞官呢？

 咕咕：当时的官场十分黑暗，社会动荡凋敝，龚自珍屡屡揭露时弊，所以不断被排挤和打压，后来还得罪了上司，他一气之下就辞官不干了。

包仔：他不当官了，干什么呢？

 咕咕：在诗里说了——"化作春泥更护花"。龚自珍即使辞官了，也依然很关心国家的命运，所以他就去当老师，专心教育下一代。可惜的是，这位一心育人的龚自珍，却教不好自己的儿子。

包仔、咕咕私聊

包仔
> 怎么会这样呢？

 咕咕
> 龚自珍有个儿子，叫龚橙，非常聪明，学问非常好，但为人放荡不羁。他晚年号半伦，意思就是说他眼中无君臣、父子、夫妻、兄弟、朋友之道，只喜爱一个小妾，人生五伦去了四伦半，所以叫半伦。

包仔
> 这么有性格？

 咕咕
> 这不叫有性格，这在当时叫离经叛道。而且，据说他就是为英法联军带路火烧圆明园的人。

包仔
> 啊？爸爸这么爱国，儿子却……

 咕咕
> 你听我慢慢说。龚橙当年考了好多次试都没中，生活越来越窘迫，就移居上海了。

包仔
> 既然龚橙这么聪明，又有家学渊源，为什么会考不上呢？

咕咕

龚自珍重学术轻科举,做儿子的自然也不会对八股文有兴趣。不过,龚橙学问好,语言天赋高,精通满文、蒙古文和唐古特文,而且自小接触外国文化,所以就当了英国外交官威妥玛的随从。后来这个威妥玛当了英国全权专使额尔金的翻译,龚橙也就跟着去北京了。

包仔

然后呢?

咕咕

然后就发生了第二次鸦片战争英法联军火烧圆明园的一幕。有人说,当年就是龚橙带路的,是他怂恿英法联军烧圆明园,因为他想为父亲报仇;还有人说,原本英法联军想攻打故宫,但龚橙为了保住故宫,才说圆明园珍宝如山,把英法联军带去圆明园;但也有人说,龚橙是被冤枉的,根本没有真实可靠的史料可以证明龚橙给英法联军带过路,他只是碰巧在英法联军军中而已。

包仔

那究竟哪个说法才是对的?

包仔、咕咕私聊

咕咕

说他是火烧圆明园主谋的，多数都是当时的一些野史、笔记和小说，比如李伯元的《南亭笔记》《清朝野史大观》、柴小梵的《梵天庐丛录》、陈文波的《圆明园残毁考》、章太炎的《訄书》等，蓝本都源于清末四大谴责小说之一的《孽海花》，书里说一个叫龚孝琪的人想借洋人推翻清廷来报仇，最后烧了圆明园泄愤，这个龚孝琪就是影射龚橙。

包仔

是小说里面写的？那不是太可信吧？

咕咕

所以梁启超、孙静庵、谭献等学者又相继为龚橙辩白，说他并非引联军烧圆明园的人，因为他并没有这么大能量和本事，仅仅是因为碰巧在英法联军军中，又有小说家编撰种种故事，才背上这个罪名罢了。

《己亥杂诗（其一百二十五）》：天公，听见我的呐喊了吗

龚自珍

过镇江，见赛玉皇及风神雷神者，祷词万数。道士乞撰青词。

> **己亥杂诗**（其一百二十五）
>
> 九州生气恃风雷，万马齐喑究可哀。
> 我劝天公重抖擞，不拘一格降人才。

1839年

♡ 段玉裁，龚丽正，魏源，林则徐

段玉裁：好外孙，你二十来岁时写的政论文章就已看得我拍案叫绝，你的才华是毋庸置疑的！我教你娘，你娘教你，你再去教出更多的人才！

道士：写得好，写得妙啊！

龚守正：我早说了，字写得好，比你文章写得好更有用啊。

曹振镛：楷法不中程，也只能写写这些骂人的诗了。

> 龚自珍：哈哈，我家妻女个个一手好字，看来该入翰林院了？
>
> 明·严世蕃 🧒 ：🧓 就青词来说，不如我写得好。
>
> 龚自珍：唉，夏虫不可语冰。

六 搜一搜　　搜索

朋友圈　　文章　　公众号　　小程序
　　　　　　圈子 >

九州：中国的别称。　**恃**（shì）：依靠。　**喑**（yīn）：沉默，不说话。　**抖擞**（sǒu）：振作，奋发。　**降**：降生，降临。

诗意：只有狂雷炸响般的巨大力量才能使中国大地发出勃勃生机，然而政局死气沉沉，臣民唯唯诺诺，终究是一种悲哀。我劝天公重新抖擞精神振作奋发，别再墨守成规，应破格选拔更多人才。

👥 附近的人

段玉裁 👤 　清代著名语言学家、经学家，代表作有《说文解字注》《云书音韵表》等，龚自珍的外公

龚守正 👤 　清代官员，龚自珍的叔父

曹振镛 👤 　清代大学士，主持殿试时以龚自珍"楷法不中程"为由，判定其不列优等、不得入翰林

包仔、咕咕私聊

包仔

咕咕，龚自珍说的"道士乞撰青词"是什么意思？

 咕咕

青词又叫作"绿章"，是道教举行斋醮时献给上天的奏章祝文，要求词句华丽，形式工整。当时龚自珍经过镇江，刚好遇见当地道士正在举行拜玉皇和祭祀风神雷神的活动。估计是有道士认出他是大名鼎鼎的龚自珍，所以就求他写青词来祷告上天。龚自珍刚刚辞官，心中窝着气，所以就写下了这首中国古代青词中非常优秀的作品。

包仔

但是那个严世蕃觉得龚自珍的这首青词不如他的作品哦。

 咕咕

哈哈，这和明朝嘉靖皇帝时的风气有关。据说嘉靖皇帝对道教非常入迷，经常需要文人为他写一些祭天的青词，导致当时出现了一批所谓的"青词宰相"。

包仔

什么是"青词宰相"？

包仔、咕咕私聊

咕咕

这称呼带有贬义，用来讽刺当时那一堆靠写青词得到信任而进入内阁，甚至当上首辅的大臣，其中最出名的是严嵩。而严世蕃是严嵩的儿子。据说，严世蕃是写青词的好手，严嵩深得嘉靖赞赏的青词全部出自严世蕃之手。正是因为能写这些阿谀奉承的文字，所以严氏父子深受嘉靖的宠爱。

包仔

那龚自珍岂不是可惜了？要是他生在明朝，就可以凭写青词当大官了，不会像现在这样，因为字写得不工整而入不了翰林。

咕咕

哈哈，你想多了。你以为龚自珍真的只是因为字写得不工整而不被重用吗？就凭他这种锋芒毕露、愤世嫉俗的性格，经常抨击时弊、畅言革新的行为，无论是在明朝还是在清朝，都容易得罪当权者。

包仔

难怪他要大喊"不拘一格降人才"。

《村居》：真是个养老修心的好地方

高鼎

看看这村居景色就好，其他的事不去理会。

> **村 居**
>
> 草长莺飞二月天，拂堤杨柳醉春烟。
> 儿童散学归来早，忙趁东风放纸鸢。

上饶

♡ 辛弃疾

辛弃疾：有眼光，上饶是个好地方！我退休后，也是在这儿养老的。

王维：终于找到你了。"远看山有色，近听水无声。春去花还在，人来鸟不惊。"这究竟是你写的还是我写的？我出品太多，记不清了。

高鼎回复王维😀：呃，前辈，我也是。

王维😀回复高鼎：这几句确实是写在我画上的，但是《全唐诗》里却没有记录，很可疑哦。

道川禅师😀：《画》？这不是我其中一首诗的上半段吗？下半段是"头头皆显露，物物体元平。如何言不会，只为转分明"。

高鼎回复道川禅师😀：🌱这越来越扯不清了。

道川禅师😀回复高鼎：哈哈哈，不必追究。反正诗是好诗，画也是好画，放在一起配一脸就对了。

六 搜一搜　搜索

朋友圈　　文章　　公众号　　小程序

💬 圈子 >

作者：高鼎，生卒不详，字象一，一字拙吾，浙江仁和（今浙江杭州）人，清代诗人。

醉：迷醉，陶醉。　　**春烟**：春天水泽、草木等蒸发出来的雾气。
散学：放学。　　**纸鸢**（yuān）：风筝。

诗意：农历二月，村子前后的青草渐渐发芽生长，黄莺飞来飞去。杨柳枝轻拂着堤岸，春天迷蒙的烟雾叫人心醉。村里的孩子们早早就放学回家了，趁着春风劲吹的时候，把风筝放上蓝天。

附近的人

王维 唐代著名诗人、画家，世称"诗佛"，有一说他是《画》的作者

道川禅师 南宋僧人，有一说《画》是他为佛教经典《金刚经》所作的偈颂诗

包仔、咕咕私聊

包仔
放"纸鸢"？就是放风筝，对吧？

 咕咕
没错，纸鸢就是风筝，早在春秋时期就有了。据说，当时墨家的墨翟用木头制成木鸟，叫作"木鸢"，那就是风筝的起源。

包仔
那什么时候从木头变成纸呢？

 咕咕
后来鲁班用竹子改进了墨翟的风筝材质，东汉的蔡伦又改进了造纸术，民间就开始用纸来做风筝了。到了隋唐，随着造纸业越来越发达，纸鸢也越来越普遍了。但是，最早的"木鸢""纸鸢"可不是用来玩的。

包仔
那是用来干什么的？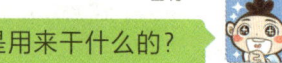

咕咕

最早是用来在打仗的时候传递信息和进行侦察的。比如楚汉争霸时,韩信在攻打未央宫前,就是利用风筝来测量未央宫下面的地道的距离。在"四面楚歌"的故事中,有一个说法是,韩信命人把很多绑着竹笛的大型风筝放上天,风一吹过,发出的声音就像楚地的民歌,令项羽的军队没了斗志。

包仔

还有这种骚操作?

 咕咕

当然有啊。之所以叫风筝,就是因为在纸鸢上加了哨子,经风一吹,"其鸣如筝"。

包仔

哦,原来风筝的名字是这个意思。

 咕咕

还有,南北朝梁武帝的时候,侯景叛乱,据说当时的太子萧纲做了只大纸鸢,想放出城外求救,可惜被人射了下来。另外,明朝的时候,还有人想用风筝载炸药杀敌呢。

包仔

 我不想打仗,我只想玩啊。

包仔、咕咕私聊

咕咕
到了唐宋时期,风筝的主要用途已从军事变成娱乐和健身了。清明节的时候,老百姓把风筝放上天,再把线割断,认为这样就能带走一年的霉气呢。

包仔
嘻嘻,我要试试灵不灵。

咕咕
那是在古代!现在放风筝,一定要选择空旷、没有障碍物的场地,远离高压线和电线,远离街道、飞机场、铁道这些地方,千万不要故意把线割断啊!

包仔
原来还有那么多讲究。😁 我都记下了。

《幸遇咕咕入圈拜师偶成》：只有想不到，没有做不到

包仔

幸遇咕咕入圈拜师偶成

掩书君且去，下笔我当先。
昔日偷佳句，他朝就锦篇。

2021年·广州

♡ 孟浩然，王维，李白，杜甫，白居易，刘禹锡，王安石，苏轼，李清照，杨万里，辛弃疾，陆游，咕咕

孟浩然： 掩书君且去，好！我们这些老鬼早就作古了，虽然历史留下了我们的传奇，但未来是属于你们的。
李白： 小兄弟，有志气呀，"我辈岂是蓬蒿人"！
杜甫： 小兄弟进步很大啊，格律基本上都对了。
苏轼： 小兄弟，偷过哪些佳句呀？ 要是有我的，赏你东坡肉。
咕咕： 我放心了！改几句，当是对你的祝福！
流觞会众贤，缀玉乐陶然。万古悲欢事，千秋锦绣篇。
掩书君且去，下笔我当先。莫笑邯郸步，英才出少年。